雪豹くんは魔王さまに溺愛される

スノウ
雪豹族の子ども。
ある日突然一族を喪い、
ひとりぼっちになってしまった。
アークに助け出され
魔王城で
暮らしている。
アーク
竜族の長で、魔族を
統べる王。雪豹族の
生き残りであるスノウを
守り慈しんでいる
が――？

Characters
ラト
雪豹族で、スノウの祖母。人型になる方法をスノウに教えるために魔王城にやってきた。
ナイト
白狼族で、スノウの祖父。『運命の番』であるラトのことを溺愛している。
ルイス
スライムで、スノウの世話人。自由自在に姿かたちを変えることができる。
ロウエン
吸血鬼族で、宰相。アークとスノウの関係を見守っている。

目次

一　雪豹の里

　壁に立て掛けられた鏡を覗き込むと、丸っこい顔の雪豹の子どもが見つめ返した。白色の毛に黒色の斑《まだら》な模様がある。丸い瞳は金色で、好奇心を表すようにキラキラと輝いていた。

　生後半年なので、ようやく赤ちゃんから脱し、幼児と言われる年齢である。

　もうおしゃべりも上手にできるのだ。

　名前はスノウ。魔族の中でも獣人《じゅうじん》と呼ばれる種族の一種、雪豹族《ゆきひょうぞく》の子どもである。獣人《じゅうじん》は一歳頃までは獣型で過ごすので、スノウもふわふわの毛で覆われた雪豹の姿だ。

　スノウは鏡を見つつ、前足と舌を使って毛並みを整えた。これで寝癖《ねぐせ》はなくなったはず。

「――うん、完璧！」

　弾むような足取りで玄関に向かう。スノウ用の小さな扉から外に出た途端、ピュウッと冷たい風が吹き付けてきた。

　外は真っ白だ。こんな光景はいつものこと。

　雪豹族が暮らす里がある山は標高《ひょうこう》が高く、一年のほとんどが雪で覆われているのだ。大人の雪豹族は雪を魔法で操れるので、そんな暮らしであっても不便なことはあまりない。

スノウが一歩踏み出した途端、足が白く柔らかな雪に埋もれた。

冷たいけど、それが気持ちいい。

白い毛で覆われた小さな四足で、雪に跡を付けて遊んでいると、背後から声を掛けられた。

「スノウ、遊んでばかりいないのよ。今日は長老さんのところに行かないと」

スノウが振り向くと、濃灰色の髪の女性——スノウの母がクスクスと微笑んでいる。

まだ人型になれないスノウとは違って、母は獣耳と尻尾以外は完璧な人の姿だ。雪豹の里のみんなから美人と褒められる母は、スノウの自慢。

スノウに父親はいない。スノウが生まれる前に、天国に旅立ってしまったらしい。

でも、スノウには母がいるから寂しくないのだ。

優しくて、料理上手な母はちょっと痩せ気味で、たまに心配になる。だから、スノウが成獣《せいじゅう》になったら、父の代わりに狩りを頑張って、たくさん美味しいお肉を食べてもらおうと決めている。

父は狩り上手だったと聞いたから、スノウもきっと上手くやれるはずだ。

「うん、ちゃんと行くよ」

「行ってらっしゃい。気をつけてね、スノウ」

「はーい、行ってきます！」

母に見送られて、雪をサクサクと踏みしめながら里を進む。

まだ小さいスノウでも、跳ねれば雪に埋もれずに歩ける。少し大変だけど、これも遊びと思えば楽しい。

「お、スノウ、お前も長老さんのとこか？」

「そうだよー、ユエ」

隣の家から出てきた少年ユエは、スノウより一歳年上。まだ三歳を超えていないから成獣《せいじゅう》ではないけど、人型にはなれる。

ユエは白い短髪を冷たい風で揺らしながら、ニコリと笑った。

「じゃあ、一緒に行くか」

「わっ！」

急に抱き上げられてびっくりした。固まっている間に、柔らかい魔物の毛皮で包み込まれて、身動きできない。でも温かくて気持ちいい。

「――僕、赤ちゃんじゃないんだよ」

むぅ、と拗《す》ねながら訴える。

スノウは赤ちゃんの時期を三ヶ月前に卒業したのだ。

母がスノウの名前を刺繍《ししゅう》してくれた柔らかいおくるみは、まだベッドに置いて一緒に寝ているけど。もうおしゃべりも上手にできるくらい成長しているのだ。

「まだ人型になれないんだから、赤ちゃんと一緒だろ」

「ユエだって、人型になれるようになって、あんまり時間が経ってないって、おばさんに聞いたよ」

「スノウが生まれた頃には人型になってたさ」

毛皮で包まれて動かしにくい手でユエの胸を叩いても、くすぐったそうにされるだけだった。

里のみんなはスノウを赤ちゃん扱いしすぎだ。

確かに、スノウが里で一番幼いけど。

「……僕だって、すぐに人型になるもん」

「おー、頑張れ」

「気持ちがこもってなーい！」

スノウがプンプンと怒っても、ユエは楽しそうにニコニコと笑ってる。スノウにとっては歩くのに苦労する雪道を、軽々と進めるユエが羨ましい。早く人型になりたいと強く願った。

「長老さんは、今日、世界の話をしてくれるんだってさ」

「世界？」

「そ。里の外、もっと広い世界の話だ」

「里の外かぁ。どんなところなんだろう？」

魔族たちが暮らす国には、種族ごとに分かれた里がたくさん存在しているらしい。スノウたちが暮らしている雪豹の里もそのひとつ。

雪豹の里は高い山の頂上付近にあって、寒冷《かんれい》な気候だ。

雪で埋もれないようにするために、とんがり屋根の家がたくさん並んでる。外壁は石造りだけど、内装は木材でできていて温かみがある。

雪豹の大人たちは、毎日狩りをしたり、木を伐《き》ったり、それぞれの役目を持って働いて、みんなで助け合って生活している。

そのような仕事の際に使われるのは、水や氷、雪を操る魔法だ。

多くの獣人《じゅうじん》が優れた身体能力を武器に戦うのと違い、雪豹族はあまり体格が良くない代わりに豊富な魔力を持ち、巧みに魔法を操り狩りをする。

ただし、あまり生活に密着した魔法――明かりをつけたり、火をおこしたりする魔法など――は得意ではなくて、他の獣人《じゅうじん》同様に魔導具などを使って生活している。

魔導具は魔法の力を込めた便利な道具だ。明かりになったり、一瞬で火を付けられたり、凄い技術が使われてる。でも、魔導具は里から遠く離れた街まで行かないと買えないし高価だから、あまり数は多くない。

里のほとんどは、薪《まき》を燃やして暖をとるし、魔物の脂を使ったライトで夜を過ごす。

「俺は父さんがもうすぐ街に連れて行ってくれるって」

「いいなぁ。里の外にはたくさんの魔族がいるんだよね？」

「そうらしいな。街への道中は魔物もいっぱいいだろうし」

ユエがワクワクした雰囲気で言う。

スノウたちは基本的に里から出ることがあまりない種族だから、ユエが街に行けるのを楽しみにする気持ちはよく理解できる。

スノウも『いつか行ってみたいな』と思いながら、前方にある家を見つめた。長老——里の中でも年嵩《としかさ》で物知りな人がいる家だ。

今日はそこで勉強会が開かれる。成獣《せいじゅう》になっていない子どもたちが集められて、様々なことを学ぶのだ。

◇

長老の家の中は、暖炉《だんろ》でぽかぽかだった。

里の子ども五人が長老を囲んで話を聞く。

「今日はこの世界の話をしよう。——ユエ、世界は二つに分けられているが、それぞれなんと呼ばれているか、分かるか？」

「魔族世界と人間世界だろ」

「ああ、そうだ」

頷いた長老が、遠くを見るように目を細めた。

「――三百年以上も前、魔族と人間は互いを憎しみ争いあっていた。その戦いは百年近く続いた。そんな状況に終止符《しゅうしふ》を打つため、二百年ほど前の魔族の王――魔王陛下が世界を二つに分けたのだ」

「魔王陛下、すごーい」

雪豹の少女リリンが軽く拍手をする。

長老はそれに微笑みで答えて、話を続けた。

「魔族世界は高濃度の魔力で満ちている。対して、人間世界の魔力濃度は低い。――何故そうやって分けたと思うか、ソウキ」

問いかけられた雪豹の少年ソウキは、悩ましげに首を傾げた。

「うーん……魔族は魔力が濃い場所じゃないと生きられなくて、人間は低い魔力濃度の中でしか生きられないから？　魔力濃度で分けたら、自然とお互いの領土に入れなくなるよね」

「そのとおり。よく学んでおるな」

褒められたソウキが、灰色の髪がかかる白い頬《ほお》を薄紅色に染めた。

スノウは『僕だって答えられるのに』と思いながら、黙って長老の話に耳を傾ける。

まだ人型になれない雪豹の子は、この場でスノウだけだ。幼い子とみなされて、長老から質問されることはほとんどない。

「魔族世界には国がひとつある。人間からは魔国《まこく》と呼ばれているようだが、我々魔族が呼ぶ国名はない。それは何故だと思う、トウロ」

尋ねられた雪豹の少年トウロは、得意げな顔をして口を開く。

「俺たちは、国を重視してないからだろ。もちろん、魔王陛下は俺たち魔族を統《す》べる方だと分かってるけど、基本は里で一生を終えるし、里の外の魔族と関わることはほとんどない。街にはたくさんの種類の魔族がいて、そこで暮らしてると国から徴税《ちょうぜい》されるから、国の存在を意識するって聞いたけど。俺らには正直関係ないよなぁ」

「……そうだな」

長老がなんとも言えない表情で頷いた。

それをスノウは不思議に思ったけど、正直トウロが言っていることをいまいち理解できなくて、それを悟られるのが悔しいから黙っていることにした。

「人間世界にはちゃんと国があるの？」

リリンが話を急かした。

「ああ。人間世界には十を超える国があり、王や貴族たちによって治められている。人間は我らと違い、大きな集団を作らないと生きられない生き物だ。魔力を持っている者は少ないし、我ら同様に多少の魔導具は使うが、その他は『科学』と呼ばれる技術で生活を成り立たせている」

「カガク？」

スノウは初めて聞く言葉を呟き、首を傾げた。それはどういう技術なんだろう。学べば、魔族の生活も更に便利になるのかな。

「ケッ、どうせ卑怯《ひきょう》な技術なんだろ。人間ってそういう生き物なんだって、俺の父ちゃんが言ってたぜ」

トウロが吐き捨てるように言った。ユエが苦笑しながらトウロを眺めてる。

遥《はる》か昔にあった人間との争いの影響で、今でも人間を憎んでいる魔族は多いらしい。トウロの父もその一人だ。

スノウは人間に対して大した感情を持っていない。

里の外の魔族たち同様に、よく分からない生き物、という認識だ。

「そうかもしれんな。まぁ、人間については、また後日学ぼう。どうせ我らが出会うことはない生き物だ」

長老はそう言ってトウロの言葉を受け流し、話を続けた。

「――魔族世界の話に戻ろう。きちんと里の外のことも知っておく必要がある」

「なんで？　私、里から出るつもりないよ」

リリンが首を傾げた。長老はリリンを見つめて苦笑する。

「確かに里の中で一生を終えることはできる。だが、時に番《つがい》を探すために里の外に出ようと考える者もいるだろう」

「番《つがい》を探しに？」

雪豹の子たちが顔を見合わせた。

スノウは暖かい部屋で長く話を聞いていたことで、眠気に襲われてコクリコクリと頭を揺らす。話を聞かないとダメだと分かっているのに、なかなか抗《あらが》えない。

ぼんやりとした意識の外側で、みんなの声が流れていった。

「ああ。魔族は基本的に同族と番《つがい》になり子をなすが、例外もある。例えば、かつてこの里にいたラトは――」

ふと視線を感じた気がして、スノウは寝ぼけ眼で長老を見つめた。

スノウが寝そうになっているのを見て取ったのか、長老が優しく頭を撫でてくれる。これは寝て良いという合図だ。里のみんなは「寝る子は育つ」と言って、スノウがうたた寝するのをいつも優しく見守ってくれるから。

スノウは安心して目を伏せた。ユエが差し出してくれたクッションに身を埋めて、耳だけを長老の方へ向ける。

眠気が頭を支配しているから、話の内容を理解できるとは思えないけど、努力はするべきだろう。

「ラトは、なに？」

「彼は街で白狼族《はくろうぞく》の番《つがい》を見つけて、この里を離れた。抗《あらが》えない運命の出会いだったのだ。我ら魔族は、それぞれ固有の香りを持ち、それで互いの相性の良し悪しを判断する。ラトにとって、その白狼族は例えようもなく魅力的な香りの持ち主だったそうだ。すぐさま同族から離れて暮らすことを決められるくらいには、な。ラトは今も白狼族の里で幸せに暮らしていると聞く」

「へぇ、そんなことがあるんだ？」

リリンが興味を惹かれた様子で呟いた。

「ああ。そのように、突然他種族の番《つがい》を得ることもある。だが、里によって暮らし方はまるで違うから、上手く行かないこともたまにある。ラトも随分と苦労したようだ。だから、前もって様々な種族について学ぶことが大切なのだ」

「俺、今度街に行くんだ。たくさんの種族のこと教えてほしいな」

ユエが嬉々とした様子で尋ねる声を最後に、スノウの意識は眠りの中に沈んだ。

◇

長老の家での勉強会が終わって、スノウはユエと雪玉を作って遊んでから家に帰ってきた。

一番大きくきれいにできた雪玉を、母にプレゼントと言って渡したら「まぁ、素敵ね！　とても上手にできたわね」とたくさん褒めてもらえた。

その後は、母が作った美味しいご飯を食べて、ベッドで眠る。物心つく前から一緒に過ごしたおくるみが傍にあれば、スノウの安眠は約束されたようなものだ。

そんなことを今日ユエに話したら「やっぱり赤ちゃんだな。というか、スノウはそれがなくても、どこでも安眠してるだろ」と言われてしまった。

そろそろおくるみを卒業した方がいいのかな。

でも、この安心感は捨てられなくて、離れがたい。

そんなことを思いながら、今日もスノウは穏やかな気分で眠る。

明日も良い日になればいいな。ユエと一緒に、ユエの父親に街の話を聞きに行ってもいいかもしれない。それとも、長老に尋ねてみようか。

——スノウは、今日と同じような平和な日常が、明日からもずっと続くのだと、根拠《こんきょ》もなく信じていたのだ。

◇

——静かに雪が降るばかりだったはずの闇夜《やみよ》に沈む雪豹の里に、突如轟音《ごうおん》が響いた。なんの前触れもない出来事だった。

叫び声がする。

助けを求め、怒りを爆発させ、痛みを訴える、様々な声が里に満ちている。

外から聞こえるすべての音を遮るように、スノウは小さな手で耳を押さえて丸まった。

スノウがいるのは家の地下。

入り口を隠してあるここは、小さなスノウが身を隠すのに最適な場所だ。

何が起きたのか、最初はまったく理解できなかった。

恐ろしい音が響いて眠気は吹っ飛び、ベッドの上で固まっていたスノウを、強張《こわば》った表情の母が抱き上げて、家の地下にある倉庫代わりの穴蔵に押し込んだのだ。

それからずっと、外からは凄まじい音が聞こえてくる。

大地が揺れ、まるで悲鳴のように家が軋《きし》む音がしていた。

今はもう、スノウも状況を理解している。雪豹の里が何者かに襲われているのだ、と。

いつまでこんな時間が続くのか。みんなは無事なのか。心配は尽きなかった。

でも、スノウはまだ幼く、無力だった。大人たちのように、魔法を使って戦うことなんてできない。大好きな里のみんなを守りたくても、震えながら蹲《うずくま》るしかなかった。

里の大人たちが魔法で襲撃者たちを攻撃している音が、耳を塞《ふさ》いでも聞こえてくる。彼らは今、突如襲撃してきた者たちから里を守るべく、魔法を使って必死に戦っているのだ。

遥《はる》か昔に、魔族は人間と血で血を洗うような争いをしていたのだと、里の長老から教えられたことを思い出す。

その争いは、偉大なる魔族の王——魔王によって世界が分けられることで収束した。

そして、魔族世界と人間世界は基本的に関わりを持たない、という取り決めによって、世界は平和を取り戻したのだ。

とはいえ、それが薄氷《はくひょう》の上に成立した極めて脆《もろ》い平和であることを、誰もが言葉にせずとも理解していた。知っていながら、気づかないフリをしていた。

だから、今、里に異質な匂い——人間の気配がすることを、スノウは悲しみと怒りを胸に抱きながら、少しも疑問に思わなかった。

いつか来るかもしれないと考えていた未来が、今やって来たということだ。

スノウがまったく望まない最悪な形で。

数多い魔族の中でも一際ひっそりと雪山で静かに暮らしていた雪豹族が、なぜ人間に狙われたのだろう、と嘆くように考えてしまう。スノウたち雪豹族は、雪深い里で日々魔物を狩りながら、慎ましく生活していただけなのに。

二百年近く、人間と争うことはなかった。

襲われる理由なんて、魔族である、ということしかないはずだ。

ぐるぐると考えても答えは見えず、そしてスノウたち雪豹族が置かれた状況も変わることはない。

スノウが地下に隠れてから、どのくらい時間が経っただろうか。

外からはドン、ドン、と大きな音が続いていて、大地も変わらず揺れている。この攻撃はなんなのだろう。魔法のような気配はしない。

むしろ、周囲の魔力が薄くなっているような気がする。

こんなこと、今までなかったのに。

外で何が起きているか想像しかできない状態で、スノウは恐怖と悲しみに押し潰されそうになりながら、ただひたすら蹲《うずくま》っていた。

母はスノウを地下の穴蔵に押し込めるときに言った。「母様が名前を呼ぶまで出てきてはいけませんよ。ここで声を出さずに隠れていなさいね」と。

それからずっと、スノウは母の優しい声が聞こえるのを待っている。

いつかこの苦しくて悲しい時間が終わるのだと信じている。

母の呼び声はまだ聞こえない。それはスノウが耳を塞《ふさ》いでいるからなのか。

それとも——


——いつの間にか、大地の震動がなくなっていた。

恐る恐る耳を塞《ふさ》ぐのをやめて様子を窺う。仲間じゃないたくさんの人間の声がした。怖い。

必死に気配を殺して固まる。見つかってはいけないのだと、なんとなく分かっていた。

どれ程の時間が経ったのか。たくさんの声の主たちは里から立ち去ったようだ。

人の気配がない。母の呼び声はまだ聞こえてこない。

(――どうしたら、いいの……)

途方に暮れる。母はいつスノウを呼ぶのだろう。もうたくさん待った。怖くて寂しくても鳴き声ひとつ上げずに我慢した。

それなのに、どうして母は名前を呼んでくれないのか。

悲しみが胸に押し寄せてくる。里に何が起きて、今どんな状態であるのか、本当はもう分かっていた。ただずっと目を逸らしていただけで。

ポロポロと涙が零れる。それでも声は出さなかった。隠れていなさいと告げた母の言葉を守っていたかったから。スノウは見つかってはいけないのだ。

胸が痛くて、丸まった手足が痺《しび》れてきても、スノウは身動ぎひとつせず、静かに涙を零しながら、母との約束を守り続けた。

◇

「――誰か、そこにいるのか」

不意に聞こえた男の声に、思わず息を吞んだ。身体が固まる。

きっとスノウの呼吸の音が男に聞こえてしまったのだ。気づかれてしまった。

閉ざされていた地下の入り口がゆっくりと開かれていく。

スノウは目を見開いてそれを凝視《ぎょうし》していた。

逃げ場なんて、もうどこにもなかった。母との約束を守れなかった。

スノウは見つかってしまったのだ。

開いた入り口から、鉄錆《てつさび》のような臭いが溢れてくる。白銀の光が差した。

「――……雪豹の子。よく利口に隠れていたな。お前だけでも、無事で、良かった……！　来るのが遅れて、悪かった、っ……」

白銀の人の大きな手が、スノウを胸に抱き上げて、優しく温かく包み込んだ。上からたくさんの雫が落ちてくる。大きな身体が震えているのを感じた。

スノウも静かに泣いた。声は出なかった。隠れていることも、母の呼び声を待つことも。どちらの約束も守れなかったスノウが、今唯一守れる約束は声を出さないことだけだったから。

――スノウは雪豹族の子ども。

たった一夜で人間に滅ぼされた雪豹の里の、唯一の生き残りだった。

その日、瞳に映した光景を、スノウは一生忘れることはないだろう。

二　悲しみと穏やかな日々

大きなベッドの中央で、雪のように白い毛並みに黒の斑《まだら》模様がある小さな獣が、静かに眠り込んでいた。雪豹の子どもだ。

小さな手にはピンク色の肉球。それだけがモノクロの中に温かみのある色彩を添えている。

魔王アークは、雪豹の里から連れ帰ったその子どもを、痛ましく思いながら見つめた。

何かを求めるように動く小さな手を、アークはそっと握る。自分では親の代わりにならないと知っていたが、この子にアークがしてやれることはそれくらいしかなかった。

頼りない手がアークに縋《すが》るように縮まる。

雪豹の子の瞑《つぶ》られた目から、透明な雫が毛並みを伝って落ちていくのが見えて、アークは震える唇を動かして囁きかける。

雪豹の子に、ひとりぼっちではないのだと伝えたくて。

「――悪い夢でも見ているのか？　お前を苦しめるものすべて、消し去ってやりたいものだ……」

呟きながら目を伏せる。

そして、雪豹の子の悲しみを癒せない、不甲斐《ふがい》ない自分を責めた。

アークは魔族の王だ。あらゆる魔の者たちを統《す》べ守る役目を担っている。

獣人《じゅうじん》もアークが守るべき種族のひとつだ。

守りたかった、守るべきだった、たくさんの命。失われたその命の中で、唯一残ってくれた希望の光。雪豹の子は、アークにとってあらゆる意味で特別な存在だった。

◇

アークが雪豹の里の惨状《さんじょう》に気づいたとき、里は既に人間に制圧されていた。

それは、本来ならあり得ないことだった。魔族が住む領土は、そのすべてがアークの支配下にあり、どんなに離れていようと魔法によってすべてを把握できるはずだったのだから。

それなのに、何故か人間による強襲《きょうしゅう》の情報が伝わってこなかった。傲慢不遜《ごうまんふそん》な人間が何かおかしな技術でも生み出して、アークの能力を阻害したのだろう。

そして、雪豹の里を無惨《むざん》に破壊し尽くしたのもまた、人間の技術によるもののはずだ。それらの詳細については、宰相《さいしょう》のロウエンが部下の尻を叩いて大急ぎで調べさせているところである。

今のところ、雪豹の里以外の被害は確認されていない。

新たな被害が出る前に、人間の技術を調べ尽くして報復《ほうふく》をしたいものだが、果たしてどうなるか。

各地には既に人間の襲撃に関する警戒令《けいかいれい》を出している。

「――お前の名は、なんと言うのだろうな……」

壊滅《かいめつ》した雪豹の里の唯一の生き残りは、小さな子どもだった。

隠れていたのは床下の穴蔵。入り口となる床には、雌《めす》の雪豹が横たわっていた。たくさん戦ったのだろう。ボロボロの毛皮は夥《おびただ》しい血で汚れていた。

だが、その姿は気高く美しく見えた。己の子を守るために、己の身体で入り口を隠し抜いたのだろう。母の命懸けの愛が、その姿に残されていた。

「愛されて生まれたというのに……なんと早い別れであることか……。俺は不甲斐《ふがい》ない。こんな小さな子に、母親の喪失を味わわせてしまった」

まだ人型にもなれない様子の雪豹の子。

アークの腕の中で、ポロポロと涙を零していた姿を思い出す。

だが、その記憶には泣き声が存在しない。アークはこれまで一度も、雪豹の子の声を聞いたことがなかった。魔王城に連れ帰り一週間が経っても、雪豹の子は鳴き声ひとつ上げないのだ。

生まれつきなのか、それとも精神的なものなのか。

声を失った雪豹の子の名さえ知る術もなく、母や同族を失った悲しみをどう慰めるべきかも分からず、アークは途方に暮れていた。

これほどまでに無力さを感じるのは、生まれて初めてのことだった。

◆

ぱちり、ぱちり。

スノウが瞬《またた》くと、目の辺りが引き攣《つ》る。涙で毛が固まって、皮膚が引っ張られているのだ。擦《こす》って毛をほぐそうとした手が、何かにそっと掴まれた。

「雪豹の子。目を強く擦《こす》るのは良くない」

アークだ。魔族の王と名乗り、スノウを雪豹の里から連れ出した男。

アークはあの日、雪豹の里のためにたくさん泣いてくれた。そのとき繰り返された謝罪の意味は分からなかったけど、アークが優しい人であることは伝わってきた。

白銀の長い髪に橙色《だいだいいろ》に近い赤の瞳。その瞳は夕陽のように優しくて悲しげで、見ているとスノウの胸がきゅっと締め付けられる。

なんだか抱きしめてやりたくなるような男だ。

成年になってあまり経っていないような年頃に見えるけど、静けさに満ちた雰囲気は長老と似ているようにも思えて、年齢不詳な印象がある。

スノウはぼんやりとアークを見つめ、そんなことを思っていた。

「――陛下、蒸しタオルをご用意しました」

「ご苦労」

水色の髪の華奢《きゃしゃ》な体格の少年が、アークに声を掛けた。

少年の名はルイス。アークがスノウのためにと用意してくれた世話人だった。

温かなタオルで目元を優しく拭《ぬぐ》われながら、スノウはそっとアークの腕に抱きついた。小さなスノウでは、両手を使ってもアークの手首に抱きつくのが精一杯だ。

「ふふ、まだ眠たいか？　好きなだけ寝ていいんだぞ」

頭を撫でられる。その掌《てのひら》に頭を擦り付け、ペロリと指を舐めた。カプリと食むと、アークが苦笑する気配がする。

「お腹が空いたのか？」

「ミルクをご用意しております」

ルイスが取り出した哺乳瓶《ほにゅうびん》を見て、スノウは嫌々と顔を振った。

スノウは小さいが、もうミルクは卒業したのだ。赤ちゃんではないのだから。

二人にはまったくスノウの主張が伝わっていないみたいだけど。

「……お腹が空いたわけではないのか。もうずっと、何も食べていないだろう？」

スノウは雪豹の獣人《じゅうじん》だ。半月程度はご飯なしでも生きられる。魔族の王たるアークだって、それくらい知っているだろう。

それに正直なところ、里を離れてからまったく空腹を感じていない。

「雪豹の子」

スノウを呼ぶその声がとても心地よい。母とはまったく違う低い声だけど、同じくらい優しく愛情がこもっている。

スノウの胸を満たす悲しみを、包んで癒してくれるようだった。

「――お前の名はなんというのだろうなぁ。その鳴き声、聞かせてはくれないか」

スノウは小さく口を開けて、閉じる。声はひとつも出なかった。

悲しげに目を伏せるアークを見て、少し申し訳なく思う。

それでも、スノウは願いを捨てきれない。

（……母様。いつになったら、スノウと呼びかけてくれる？　僕はちゃんとお利口にしているよ。隠れることはできなかったけど、声を出さないで母様の呼び声を待っているの）

もう叶わない願いと知りながらも、スノウは母との間に残った唯一の約束を、まだ守っていたかったのだ。

◇

スノウが目覚めたとき、目の前に黒い布が見えた。

冷たい空気が、まだ夜中であることを教えてくれる。今日はもう眠れないかもしれない。少しずつ眠気が去っていくのを感じて、『あーあ……』と心の中で嘆いた。

眠るのは怖いけど、幸せでもある。夢の中で、母たちに会えるから。

身動《みじろ》ぎしたところで、ふと目の前にあるものはなんだろう、と疑問を抱いた。

スノウに用意された寝床は、白やクリーム色の寝具で整えられていたはずだ。それなのに、目の前にあるのは、夜闇を写したような黒色。

手を伸ばして軽くタッチする。

布を一枚隔てて、ゆっくりと温かなものが動いているのを感じた。

（ん？　もしかして……）

頭を動かして上の方を見れば、少し見慣れてきた人の顔があった。

白い頬《ほお》に白銀の長い髪がかかっている。

スノウが触れたのは、アークの胸板だったらしい。呼吸に合わせて止まることなく動き続けている。


――生きている証だ。


それが失われた状態を思い出すと、じわりと涙が込み上げてくる。胸が締め付けられるように痛い。これもまた生きている証だと思えば、なんだか嫌になった。

スノウは同族たちと運命を共にしても良かったのに。そうすれば、こうも長く悲しむ必要もなかった。

そう思って、すぐに否定する。スノウを守ったのは母の意志だ。それを捨て去るなんて、親不孝である。スノウは母の分まで生きなくてはならない。どんなに悲しくて辛くても。

涙で濡れる顔をアークの胸に押し付けて、ぎゅぅと布地を握る。

なぜアークがスノウを助けて、守ってくれているのか分からない。でも、アークが誰よりもスノウを大切にして、愛情を注いでくれていることは、頭ではなく心で理解していた。

花のような香りがする。アーク特有の香りだ。この数日で馴染んだ香りが、スノウの身にしみて、心を癒そうとしてくれる。

「——雪豹の子。起きたのか」

（っ……起こしちゃった？）

掛けられた声にピクッと身体が震えた。手を離す前に、身体ごと抱きしめられる。

大きな身体に包まれて、スノウは浅くなっていた呼吸を次第に深くしていった。

あやすように背中をポンポンと叩かれる。

まるで心音のようで、安心した。アークの胸に耳を押し当てれば、強い鼓動《こどう》が聞こえてくる。

「まだ朝は遠い。眠れなくても、目を閉じているといい。何者にも、お前を傷つけさせはしないから。俺がお前を守ろう」

（アークはなんで、そんなに僕を大切にしてくれるの？）

声に出せない疑問を抱きながら、スノウは目を閉じた。

アークは、雪豹の里でひとりぼっちになっていたスノウを見つけ、助け出してくれた。たくさんの雪豹の亡骸《なきがら》を、丁寧に弔《とむら》ってくれた。

そして今も、悲嘆に暮れるスノウに寄り添い、ひたすらに愛情を注いでくれている。

出会ったときから一心に愛されていることに戸惑う気持ちはある。その理由が分からないからなおさらだ。

同族たちがスノウを慈しんでくれたのとは、少し違うのだろうとは感じているけど……

世話役のルイスは、ユエたちのようにスノウを可愛がって面倒を見てくれている。

では、アークの愛情の意味はなんだろう。

母とも、祖母とも、長老たちとも違う。熱くて大きな愛情だ。

それはひたすらにスノウだけに向けられている。

それを感じると、なんだか身体がムズムズすることがある。アークに抱きつきたいような、反対に逃げ出してしまいたくなるような、不思議な感覚だ。

(アークは……なんだか特別な感じがする。これはどういうことなんだろう？　母様に聞けたら、分かるのかなぁ？)

いつかこの疑問の答えを知ることができるのだろうか。

そんなことを思いながら、スノウはアークの温もりに導かれるように、眠りの中に沈んでいった。

◇

眠って起きて、ぼんやりして、また眠る。

アークやルイスに甘やかされるように世話されながら、スノウはゆっくりと悲しみに向き合い、静かに過ごしていた。

ここは過去の魔族の王――魔王が作った城の一室らしい。スノウが里で暮らしていた家とは比べものにならないほど大きな建物の中なのだと、ルイスが教えてくれた。

魔族の国の中心部にある上に、魔王がいるこの場所を人間が襲ってくることはない。だから安心して休めばいい。そう言われて、スノウは『そうなんだ』と頷いた。

ルイスの言葉を理解はしたけど、心の底から信じられるわけではない。

だから一晩中、寝ては起きてを繰り返すのだ。そんなスノウの状態を知っているアークやルイスは心配そうだ。

でも、スノウにはどうすることもできなかった。せめて、母の温もりが感じられるおくるみがあれば良かったけど、それがどこにあるかも分からない。

◇

今日も浅い眠りから目が覚めて、ぱちりぱちりと瞬《まばた》きをする。

ようやく泣かずに起きられるようになった。

毛繕《けづくろ》いでもしようかと思い、ぐっと手を伸ばして舌で舐めたところで、見慣れないものがあることに気づく。

目の前で何かがプルプルと震えていた。

半透明のゼリーみたいな水色の身体に大きな目玉が二つ。

スノウはそれを、目を見開いて凝視《ぎょうし》した。

(何これ?)

「――おはようございます」

「っ!」

スノウの疑問に答えるように、ルイスの声がした。

それと同時に、ゼリー体が裂けるように開く。まさか口だったのだろうか。

息を呑んで固まるスノウを、二つの目玉が見つめ返す。瞳の色も水色で、なんだか見覚えがある気がした。

「おや、驚かせてしまいましたね。私、ルイスですよ。不形態種のスライムなんです。魔王陛下に人の姿と知能をいただきまして、おしゃべりできるのです。普通のスライムは魔王陛下としか意志疎通できませんからね？　私、優秀なんです！」

（これがルイス？　不形態種なんて初めて聞いたよ。里の外には、こんな魔族もいたんだね……）

首を傾げながら見つめるスノウに、ルイスはしゃべりかけながらプルプルと身体を震わせた。

そのゼリー体がにゅっと伸びたかと思うと、徐々に人の形をとっていく。

スノウが魔王城に連れて来られて一週間とすこし。その期間で見慣れた姿が現れた。

水色の長髪を首元でひとつに結び、水色の瞳を持つ涼やかな色合いの可愛らしい少年が、スノウの世話人であるルイスだ。

今日もビシッとした服を着ているけど、それも身体を変化させて作っているのだろうか。とても不思議な感じがする。

「今日も上手く変化できました」

ルイスが満足そうに笑む。

スノウはベッドの上で丸まりながら、ルイスをじぃっと凝視《ぎょうし》した。口元に慣れたふわふわが近づいて、無意識のうちにはむっと甘噛みする。なんだか気持ちが落ち着いた。

「ふふ、尻尾を噛み噛みしてるんですか？　雪豹族の特徴ですよね。精神の安定に繋がるとか。私、ちゃんと学びましたよ。――この城には、私みたいに見た目から性質までまったく異なる種族がたくさんいるんです。会ってみませんか?」

ぱちり、ぱちり。

スノウは瞬《まばた》きをして、尻尾を解放する。

ゆっくり身動ぐと、滞っていた血流が巡るような感覚があった。

ぐっと身体を伸ばしてあくびをひとつ。立ち上がって、ベッドのマットレスの感触を確かめるように足踏みする。手足は上手く動くようだ。

ルイスを見上げると、変わらず微笑みを浮かべてスノウに手を伸ばしていた。その指先に鼻を寄せ、スンスンと匂いを確かめる。慣れた匂いだ。水っぽくて無臭に近い。

手でちょんちょんとつついてルイスを見上げる。

ルイスは心得たように笑うと、ゆっくりとスノウの身体を抱き上げた。その慎重な手つきも、ひんやりとした体温も、スノウのために用意されたものだ。

(なんでこんなに親切にしてくれるんだろう。アークがそう命じてるから? 親のいない魔族なんて、たくさんいるだろうに。僕が子どもだからなのかな?)

こてりと首を傾げるスノウを、ルイスが愛しげに見つめる。

毛を撫でる仕草も優しくて心地よい。

「——では、お出かけしてみましょうね。食べられる物も見つかるといいのですが」

僅かに物憂《ものう》げなルイスの顔を見上げて、スノウは細い腕に顎をのせる。

お腹は空いていなかったけど、心配させるのも申し訳なく感じていた。

だから、少しくらい無理して何かを食べてもいいと思っている。

赤ちゃんではないから、哺乳瓶《ほにゅうびん》のミルクは飲まないけど。

◇

魔王城は広かった。

もう長い時間ルイスに抱かれて歩いているのに、一向に外に出ない。もともと出るつもりがないだけなのかもしれないけど。こんなに巨大な建物の中にいるだなんて、驚きだ。

スノウは『母様に教えてあげたいな』と思った。

でも、それが無理なことにすぐ気づいたから、なんだか悲しくなる。

「——何か気に入る物が見つかりますかねぇ」

ルイスが呟きながら辺りを見渡す。

魔王城の廊下《ろうか》は殺風景《さっぷうけい》だった。雪豹の里で一般的な木材で作られた家の内装とは違い、石造りで少し寒々とした印象がある。

魔王城は魔王の魔力によって造られたらしいけど、外観はともかく内装のセンスはない気がする。

長い廊下《ろうか》に敷かれた臙脂《えんじ》の絨毯《じゅうたん》と、等間隔に設置された燭台《しょくだい》を模したライト。

後は石の壁と木の扉くらいしか視界に入るものがない。廊下《ろうか》の両脇には部屋が並び、外が見えるような窓はなかった。

ルイスが言うには、スライムの住み処も似たような石造りらしい。「つまらない景色ですよね」と申し訳なさそうに言われたけど、スノウにとっては初めて見る雰囲気で興味深い。

時折湧き上がる悲しみから極力目を逸らし、スノウがきょろきょろと辺りを見渡していると、ルイスがクスッと微笑む声がした。

少し子どもっぽい仕草をしてしまったかもしれない。

「まずは食料庫に向かいましょうか」

魔王城に来てから何も食べていないスノウを心配して、ルイスはスノウが食べられそうなものを探そうとしている。この城探検の最大の目的はそれなのだろう。

（そんなに気にしなくていいのになぁ……）

気遣われるのは嬉しくて、それでいて申し訳ない。

スノウが僅かに目を伏せたところで、新たな人の気配を感じた。

「――おや、お出かけですか」

男の人が曲がり角から現れる。

切れ長の赤い目は鋭くて、スノウはつい目を逸らしてしまった。

男はアークより少し年上くらいの見た目をしていて、厳格そうな雰囲気を纏《まと》っている。

青白い肌で、あまり筋力がなさそうな細身の身体に見えるのに、なぜか一目で『強者だ』と理解できた。闇のように黒い短髪も、男の翳《かげ》りのある印象を強めている。

（うわぁ……怖そうな人……）

心の中でポツリと感想をこぼした。

里では見たことがないタイプで、スノウは戸惑っていた。

「お疲れさまです。――この方は魔王陛下の側近《そっきん》のロウエン様ですよ。吸血鬼族《きゅうけつきぞく》の長でもあります」

（吸血鬼……僕の血を飲むの？）

スノウがなんとなく記憶していた情報をもとに、恐る恐る手を差し出すと、ロウエンが短い髪を揺らして首を傾げながら手を重ねた。

握手だ。吸血はしないらしい。

だいぶホッとした。スノウはロウエンに食料とみなされてないということだ。

それに、ロウエンの手は想像していたよりも温かかった。

見た目は厳格で冷たそうに見えるのに、なんだか不思議だ。

黒髪の下から覗く目は、アークの目より鮮やかな赤色で、まるで血のように見えて少し怖い気がする。

「挨拶できて偉いですね。このロウエン、大変嬉しく存じます」

ロウエンが目尻を下げて微笑んだ。

スノウはぱちりと瞬《まばた》きをして、身体の緊張を和らげる。

スノウは、自分に向けられたロウエンの笑みの意味をよく知っていた。

雪豹の里で祖母やそのくらいの年代の同族たちが浮かべていた表情だ。母曰く、「じじばばの慈《じ》愛《あい》」と言われる感情表現らしい。

じじばばは優しい。ならばロウエンも優しいのだ。

血のように見えた赤い目が、紅玉《こうぎょく》のように見えてきて、そっと手を伸ばす。

スノウはキラキラした綺麗なものが好きだった。物心ついた頃から集めてきた宝物の石たちは、母や同族が寂しくないよう、スノウの心と一緒に里のお墓に埋めてきてしまったけど。

「おや、この目が気に入りましたか？　ルビーという宝石のようだとよく言われるのですよ。ああ、宝石がお好きなんですね。ふふ、目が輝いてお可愛らしい。――お近づきの印に、贈り物をしましょう」

スノウの心を的確に読んで、ロウエンが懐を探る。

取り出されたのは赤い丸石がついた銀の輪だった。

丸石はロウエンの目の色より橙《だいだい》みがあって、アークの目の色に近い。光が当たる度に、雪のようなものがキラキラと揺れ動いて、初めて見る美しさだった。

「――と、言いましても、こちらは陛下が用意した物なのですが。まったくいつまで経っても渡す素振りを見せず、意気地なしなんですからねぇ」

「ロウエン様、勝手をして怒られませんか？」

「なに、必要な物をさっさと渡さない陛下が悪いんだよ」

心配そうなルイスと悪い笑みを浮かべるロウエン。二人を見比べて困った後に、スノウはちょいちょいと手を揺らした。赤い石をもっと近くで見たかったのだ。

「――おや、お待たせしてしまいましたね。可哀想なことをしました。どうぞ、ここにつけておきますから、じっくりと眺めてください。陛下の魔法がかかっていますから邪魔にはならないはずですよ」

左腕に付けられた赤い石の輪。

自動的にサイズを合わせるように縮んだのには驚いた。手を振ってみても落ちる様子はない。そういう魔道具なのだろうと予想はできるけど、どういう仕組みなのか分からない。

里でこのような魔法が使われるのは見たことがなかった。しばらく首を傾げるも、次第に石の美しさに意識が囚われていく。

（綺麗……。アークの目に雪が舞っているみたい。銀の細工《さいく》も流線が見事だなぁ）

「気に入りました？」

微笑ましげなルイスの言葉に頷く。なぜか二人がハッと息を呑む気配がした。

「――良い贈り物をいただきましたね。ぜひ魔王陛下にお礼をお伝えしに行かなければ」

「ルイスよ、陛下は今謁見中《えっけんちゅう》だ。ゆっくり城を見て回ってから、執務室《しつむしつ》においでなさい」

ルイスが頷いたのを確認したロウエンが、再びスノウを見下ろして目尻を下げた。

「――お可愛らしい雪豹の子。城の探検を楽しんできてくださいね」

スノウはぱちりと目を瞬《またた》く。躊躇った後に、再び小さく頷いた。

たったそれだけの仕草で、二人が嬉しそうに笑ってくれるから、スノウもなんだか心がポカポカと温かくなった気がした。

◆

アークは謁見《えっけん》の列が途切れたところで、玉座に身を預けて思考に耽《ふけ》っていた。

雪豹の里が壊滅《かいめつ》し、その唯一の生き残りである子を魔王城に連れてきて一週間と少しが経った。

可哀想な雪豹の子は、ベッドの上で鳴き声ひとつ上げずに泣き、少し身動ぎしては眠っていた。

眠っていても涙が零れるのだから、脱水状態になるのではないかと、眠るのも忘れて見守っていたアークは、内心でハラハラした。

雪豹の獣人《じゅうじん》に関する少ない資料を読み解いた限り、その心配はないようだが。

雪と共にある雪豹。彼らは獣人《じゅうじん》にしては珍しく、魔力を非常に上手く使って暮らしていた種族だ。

特に水や氷を操るのに長けていて、水分摂取は空気中から行えるのだとか。

アークは四六時中、可愛い雪豹の子の傍にいてやりたいものだが、残念なことに、魔王としての執務がある。

だから、特殊なスライムであるルイスを世話役に選び、雪豹の子に仕えるよう命じた。

ルイスは他のスライムと違って賢く、アークや側近《そっきん》のロウエンたちと普通に話せるほどの知性を有している。そして、スライムらしくほぼ無臭に近いというのが好ましい性質だ。

アークたち魔族は、互いを認識する際に匂いというものを非常に重視している。

相性の良し悪しを匂いで判じるのだ。

それは、番《つがい》――生涯を共にする伴侶《はんりょ》を選ぶ際にも、だ。

基本的に、魔族は番《つがい》に他者の匂いが付くことを好まない。自分の匂いを番《つがい》に染み込ませることが喜びのひとつである。

それ故、ルイスはアークにとって都合が良い存在だった。

雪豹の子に己以外の匂いが染み付くことを、アークは絶対に許せなかったから。

「……ちょうどよい者がいて良かった」

アークは愛しい雪豹の子とその世話役のことを考えてポツリと零した。

誰の耳にも届かないと思っていた呟きだったが、近くで衣擦《きぬず》れの音がして、聞かれてしまったことを悟る。

「ルイスのことですか？　……あれがいなければ、陛下は執務中でも雪豹の子の傍を離れることはなかったのでしょうね」

「当然だ」

頷きながら視線を横に流す。

物陰の闇から滲《にじ》み出るように、声の主――ロウエンが姿を現した。

「――職務放棄《しょくむほうき》をして、どこに行っていたんだ」

「雪豹の子の元に。ルイスが城内探検に連れ出しているようですよ」

「そうか……」

玉座の肘掛《ひじか》けに頬杖《ほおづえ》を付き、アークはぼんやりと宙を眺める。

雪豹の子が探検に出られるほど精神的に回復しているのは嬉しいことだが、できることなら自分が共に歩きたかった。

魔王城の中はあまり楽しいものがないはずだが、雪豹の子はどう過ごしているだろうか。

今後のために、雪豹の子が遊べるものを作った方がいいかもしれない。子どもとは、何を好むのだろうか。

幼い頃から大人同然の思考力を持ち、子どもらしいことなんてした経験がなかったアークは、そこで思考が止まってしまった。

様々なものを生み出す力はあるのに、雪豹の子のために何を作ればいいのかまったく分からない。

なんとも不甲斐《ふがい》ないものである。

そっと嘆息したところで、ロウエンの声が聞こえてきた。

「ああ、そうでした。ご報告を。陛下がご用意されていた守護の腕輪、雪豹の子に渡しておきました」

アークは片眉を跳ね上げ、ロウエンをじろりと横目で睨んだ。

ロウエンは微笑みを返して首を傾げる。まったく悪びれない態度が腹立たしい。

守護の腕輪はアークが雪豹の子を守るために作ったものだ。

それを付けている限り、雪豹の子は怪我《けが》や病で苦しむことはない。守護以外にも様々な魔法を込めているから、きっと雪豹の子の助けになるはずだ。

(だが、それを雪豹の子に渡すのは、俺の役目だったはずなのに……！)

悲しみに暮れる雪豹の子が喜んでくれるだろうかと気にして躊躇っている内に、ロウエンが役目を横取りしたらしい。

改めて考えても業腹《ごうはら》である。

雪豹の子の反応を見られなかったことが、悔やまれてならない。

「――一刻も早く渡すべきなのは陛下も分かっていたでしょう？　人間が何故、雪豹の里を選んで壊滅《かいめつ》させたのかまだ分かっていないのです。唯一の生き残りであるあの子には、守りが必要です」

「この城の中にあって、あの子に危険なんぞ訪れはしない。俺があの子を傷つける者を近づかせることはないのだから」

「もちろん、それは分かっております。ですが、人間はおかしな技術を開発したようですし、念には念を、ですよ。陛下は何があってもあの雪豹の子を守りたいのでしょう？」

当たり前のことを言われ、アークは無言で頷くことを答えにした。

否定する気はまったくない。

雪豹の子は、アークにとって唯一無二の愛する存在なのだから。

目を瞑《つぶ》る横顔に、ロウエンの視線を感じる。何か言いたげであるのは分かっていたが、アークはそんなことどうでもよかった。

アークにとって特別な存在は一人だけ。惨劇《さんげき》が起きた夜に、供《とも》も連れずに慌てて城から飛び出して、なんとか連れ帰った小さな雪豹の子だけなのだから。

ロウエンとは長い付き合いだが、気を遣ってやるような間柄ではない。

そもそも、ロウエンはアークに気を遣われたら「気持ち悪い」と遠慮なく言うタイプであるので、余計に話しかける気にならなかった。

「あの雪豹の子。陛下の運命の番《つがい》なんですよね？」

アークに答えを求めない様子で、ロウエンがゆったりと話を続けた。

「人間は陛下に察知されぬよう、おかしな技術を用いて雪豹の里を襲撃しました。それなのに陛下は異変に気づいたのです。それは陛下が普段使われている領土管理の魔法によるものではなく、運命の番《つがい》の悲鳴が聞こえたからなのでしょう？」

——運命の番《つがい》。


それは、普通の婚姻《こんいん》や番《つがい》契約よりもなお強い特別な絆だ。

運命の番《つがい》には特有の匂いがあり、それで互いを認識し合う。その匂いを感じ取ると、二度と離れられなくなると言われている。それほど魅力的に感じるのだ。

また、運命の番《つがい》の間には不思議な現象が起きる。

離れていても番《つがい》の危機に気づくというのは、その現象の代表的なものだ。

人間の襲撃を事前に察知できなかったから、雪豹の里は壊滅《かいめつ》した。

しかし、運命の番《つがい》が助けを求めたから、アークは駆けつけて番《つがい》を保護することができた。運命の番《つがい》を失わずにすんだ。

それがどれほど嬉しいことだったか。番《つがい》の悲しみがなければ、喜びのあまりその場で情熱的に愛を告げていただろう。相手が幼子《おさなご》だと気にする余裕もなく。

◇

魔王になるのは魔族で一番の強者と決められている。ほとんどの場合は、魔族の中で最も魔力量が多い竜族《りゅうぞく》の中から選ばれる。

そしてアークは、幼い頃から次の魔王になるよう育てられるほど絶大な力を持った竜族だった。

そのせいかどうかは分からないが、アークは人より感情が薄いようで、何事にも無関心になりがちだ。

魔王としての役目はこなせているからそれでいい。

そう思いながら生きて、どれほどの時間が経ったことだろう。そろそろ番《つがい》を得てもいい年になっていたが、そんな気にはまったくならなかった。

雪豹の里が襲撃された夜も、そのことに気づくまではいつもどおりだったのだ。

あの夜、執務を終えて私室に戻った瞬間に、心臓を締め付けられるような痛みが走った。

そして、頭の中に響くように、幼い子が泣く声がした。その声はアークに助けを求めていた。

魔王としての能力では、魔族の領土に異変は感じられなかった。だが、同時に、その泣き声の主の状態を詳しく探れないことは、明らかな異常であった。


――早く、泣く子を助けたい。愛する者をこの胸に抱きしめたい。


生まれてから一度も感じたことのない衝動《しょうどう》が、アークの身体を突き動かした。

そのことがまったく不思議には思わなかった。そのときすでに、アークは運命の番《つがい》の存在を感じ取っていたから。

運命の番《つがい》とは、なんとも大きな力を秘めているようだ。そのことをアークは身をもって実感し、笑いたくなった。

そうやって笑うことが、生まれて初めてなことに気づいて、更に楽しさを知った。生まれながらにあまり感情を持たない性質だったのが嘘のようだった。


——運命の番《つがい》に怯えられないよう、穏やかに微笑む練習をした方がいいかもしれない。


番《つがい》を心配し、焦る心の隅で、そんなことを考えながら、雪豹の里に駆けつけた。

アークはそこまで思い出したところで、あの夜見た悲惨な光景が脳裏によみがえり、ぐっと唇を噛み締める。

あのときほど、魔王としての至らなさを悔やんだことはない。運命の番《つがい》がアークに温かな感情をもたらしてから、初めて受けた心の痛みだった。

目からポロポロと雫がこぼれ落ち、これが『泣く』ということなのだと知った。

あまり知りたいことではなかったが、雪豹の子が泣く気持ちを理解できるようになったのだから、良いことでもあったのだろう。おかげで、傷だらけの柔《やわ》い心に寄り添うことができているのだ。

アークは雪豹の子と出会ってから、大きく変わった。心が動くようになったのだ。

そのことを一番よく知っているのはロウエンだろう。

雪豹の子を連れて魔王城に戻ってきた夜。大切に守るように雪豹の子を抱くアークを見て、ロウエンはポカンと口を開けていた。長い付き合いの中で初めて見るような表情だった。

今思い出すと笑える。絵師《えし》に描かせて残せばよかった。

それはともかく、アークの変化はあまりに大きく顕著《けんちょ》だったから、雪豹の子の存在は、すぐさま魔王城で暮らす者全員に知れ渡った。

雪豹の子を慈しむアークの眼差しが、運命の番《つがい》を見つめるものであることを、もはや誰もが知っている。

運命の番《つがい》を失うと、残された者は悲しみのあまりまともに生きていけなくなるといわれる。

そのあり方が、まだ正式に番《つが》っていないアークと雪豹の子の関係に、どれだけ適応されるか分からない。

だが、アークと同様に雪豹の子を慈しんでいるロウエンたちの心の片隅に、番《つがい》を守ることで魔王であるアークを守っているという意識があるのも事実だろう。

そのことをアークは知っていて、都合が良いと受け入れている。雪豹の子を守ろうとする存在は多い方がいい。未だ、敵の力の全容は掴めていないのだから。

「長生きする魔族であっても、運命の番《つがい》と出会えるものは数少ないのです。大切にしないといけませんね」

「言われずとも分かっている」

多くの魔族は同族の中から番《つがい》を選ぶ。例外が運命の番《つがい》だ。

運命の番《つがい》は種族に関係なく定められていて、異種族・同性であっても子をなすことができる。

しかし、運命の番《つがい》に出会える者は少ない。ほとんどの魔族は、同族の里から出ることがあまりないからだ。

運命の番《つがい》が惹かれ合うものであっても、物理的に距離が離れすぎていたら、その力は弱まる。

たいていの魔族は、運命の番《つがい》に出会わぬまま、一生を終えるのだ。

それ故、アークはとても幸運だったと言えよう。まだ幼い運命の番《つがい》を、失う前に見つけ出すことができたのだから。

そして、その幸運を手放す気は一切ない。

大切に愛でて、慈しんで生きていくと、出会った瞬間に決めている。

——たとえ、幼い番《つがい》がアークを運命と認識していなくとも、その意志は変わらない。

悲しみに沈んだ番《つがい》が、アークを「運命の番《つがい》」と呼んで微笑む日を夢に見る。

できればその未来があまり遠くないといいと願ってやまないのだが、優先すべきなのは番《つがい》の心を癒やすことなのだと心得ていた。

今、雪豹の子には、運命の番《つがい》のことを――未来のことを考える余裕はないのだから。

アークは自分のことで雪豹の子に負担をかけたくなかった。

「運命の番《つがい》……お前の悲しみをどうやったら癒やせるのだろう……」

番《つがい》に思いを馳せながらポツリと呟き、アークは目を伏せた。

◆

魔王城にはたくさんの匂いと気配がある。一年中雪と静けさに包まれていた里とは全然違う。

そんな魔王城の中で、もっとも賑やかな気配の場所に、ルイスは足を運んでいるようだった。ルイスに抱かれながら、スノウはキョロキョロと周囲を窺う。

「こちらが調理場ですよ。奥に食料庫があるんです。雪豹の子が食べられる物があるといいですねぇ」

ルイスの腕の中から覗いた部屋では、たくさんの人が働いていた。みんな、忙しく料理をしているようだ。なんだか楽しそうにも見える。

「――あらまあ、ルイスじゃないの。今日はおやつでも食べに来たの？」

「ジャギーさん。いえいえ、今日は雪豹の子の食べ物探しを兼ねた城探検ですよ」

「雪豹の子……」

ジャギーと呼ばれた女の人と目が合う。

真ん丸に見開かれた緑色の目の奥に、悲しみと慈しみが滲《にじ》んでいた。黄みのある橙色《だいだいいろ》の髪の上で、髪と同色の三角耳が僅かに垂れる。

野性味のある顔立ちなのに、あまりに落ち込んでいる様子が可哀想で、スノウは『かわいい人だなぁ』と思った。年上の大人の女性に抱く感想ではない気がするけど。

「――私は豹族《ひょうぞく》の獣人《じゅうじん》ジャギーよ。雪豹族とは血縁的には近い種族だけれど、交流がなかったから知らないかしらねぇ」

豹族。話は聞いたことがある。雪山で暮らす雪豹族とは違って、暖かい平地で生きる獣人《じゅうじん》なのだと、長老が言っていた気がする。

話を聞いたときには会うことはないと思っていたから、こうして会えて少し嬉しい。なにより、雪豹族と同じ三角耳が、色は違えど慕わしくて、なんだか涙が溢れそうだった。

スノウがそっと手を伸ばすと、ジャギーは嬉しそうに笑ってその手を握ってくれた。

「可愛らしいわぁ。獣人《じゅうじん》の子は、大きくならないと里の外に出されないから、こんな小さな他の種族と会うのは初めてよ」

「じゃあ、雪豹の子が何を食べられるかも知りませんか？」

「食べ物？　ああ、そういえば、しばらくご飯を食べていないんですってね……」

痛ましげに見つめられたので、握られたままだった手を揺らす。

そんなに悲しいことではないんだ。雪豹の子の身体は丈夫で、食べなくても元気に過ごすことができる。ただお腹が空かないだけだから。

「——食べ物は豹とさほど変わらないと思うけれど……このくらいの大きさだと、そろそろ離乳食になった頃かしら」

「あ、やっぱりミルクじゃないんですね」

「そうねぇ。獣人《じゅうじん》は身体の成長も知能の発達も早いから。ただのミルクは嫌がるかもしれないわねぇ」

呟いたジャギーが、何かを思い出したように動き出す。その動きを目で追って、スノウはこてりと首を傾げた。ルイスも不思議そうにしている。

「——これこれ。私が子どもの頃に食べていたの」

「ビスケットにミルク？」

「ほどよい食感があって、ミルクで栄養もとれるし、蜂蜜《はちみつ》をかけているから甘味もあって美味しいのよ」

皿に割られたビスケット。ミルクで少しふやかされ、黄金の蜜《みつ》が輝き、確かに美味しそう。

「蜂蜜《はちみつ》って、雪豹の子の瞳みたいですよね」

ルイスに瞳を覗きこまれた。

そんなにマジマジと見つめられたら、少し恥ずかしい。

でも、父譲りの自慢の瞳だから、隠すつもりはなかった。母はいつもこの瞳を見て、『父様《とおさま》そっくりね』と笑ってくれたのだ。

「ああ、そうね。この子、金眼なのよね。珍しいわ」

「あれ？　雪豹ってそういうものではないんですか？」

「違うわよ。聞いた話だけど、黒眼が多くて、後は緑眼か蒼眼かしら。金眼というのは聞いたことがないわねぇ。もしかしたら他の種族の血が混じっているのかもしれないわ」

「なるほど……」

二人して目を覗き込んでくるから、少し居心地が悪い。

もぞもぞと身動ぐと、謝罪された。

「――申し訳ありません。あまりにも綺麗だったので。それより食事をしてみましょう。食べてくれますかねぇ」

「試してみなくちゃ分からないわね。――はい、どうぞ。食べてもらえると嬉しいのだけれど」

小さなスプーンに載せられたビスケット。トロリとした蜜《みつ》がキラキラと輝いている。

ジャギーとルイスの期待に満ちた眼差しに促されるように、スノウは口をかぱっと開けた。

少しでもルイスたちの心配を減らせるように、お腹が空いていなくても食べた方がいいんだって分かっていたから。それに、哺乳瓶《ほにゅうびん》のミルクとは違って、とても美味しそうだ。

「っ、……美味しい？」

「食べられますか？」

もぐもぐと口を動かす。懐かしいミルクの風味と蜜《みつ》の甘さに、ビスケットのほどよい固さ。なんだか久しぶりにお腹が空いてきた気がした。

食べ終えて再び口を開く。一瞬後にまたビスケットを入れられた。美味しい。もっと食べたくなる。

「食べられそうね」

「あぁ、良かったぁ、やっと食べてくれたぁ！」

嬉しそうなジャギーと、喜びながら脱力したルイス。二人に見守られながら、スノウは久しぶりの食事を楽しんだ。

◇

美味しい食事の後は、魔王城探検の続き——ではなくて、アークのところに行くことになった。ロウエンを介して贈られた腕輪のお礼を伝えるのだ。

お腹が膨れたからか、いつも感じる悲しさが和らいでいる気がする。食事はお腹を満たすだけのものではないのかもしれない。

いつまでもスノウが落ち込んでいたら、里のみんなも安心して休めないだろうから、これからは食事を積極的に摂るようにしよう。

久しぶりに前向きなことを考えながら城をあちらこちらへ歩いて、スノウは行き交うたくさんの魔族に可愛がられた。人見知りしない性格ではあったけど、さすがに少し疲れた気がする。

アークはどこにいるのかな、と思ったところで、大きな扉の前に辿り着いた。見たこともないほどキラキラした装飾がされている。

この扉の向こうで、アークが仕事をしているらしい。魔族の王の仕事とはなんなのか、スノウは知らない。

扉の前に立っていた騎士《きし》が扉を叩いて、中に声を掛ける。すぐさまアークの声が返ってきて、スノウはピクッと耳を立てた。

アークの落ち着いた声が好きだ。ずっと聞いていたくなる。アークに抱っこされていると、とても安心して蕩《とろ》けそうになるのは困りものだけど。

まだ出会ってから大して時間が経っていないのに、どうしてこんなに傍にいたいと思うのか、スノウは自分の心なのによく分からない。

でも、今は分からないままでいい気もする。きっとまだスノウには早いのだ。

「――よく来たな」

開かれた扉を通り抜けると、アークと目が合った。

優しく微笑まれて、すぐさま飛びつきたくなってしまう。そんなことをするのは、さすがにスノウが子どもだったとしてもお行儀《ぎょうぎ》が良くないから我慢したけど。

衝動《しょうどう》をこらえるためにルイスの腕に抱きついたら、なぜかアークが眉を顰《ひそ》めた気がした。

「お仕事中に失礼します」

ルイスの腕の中からアークを見つめる。

大きな机にはいくつかの紙の山、アークの手元には金色の印章《いんしょう》があった。それを紙にポチポチと押すのが魔王としての仕事だそうだ。

里の大人たちがする仕事とは全然違うみたい。狩りで手に入れたお肉とは違って、紙は食べられるわけでもないのに。

アークたちはきちんとお肉を食べられているのか、少し心配になった。スノウの食事を気にするばかりではなく、アークたちも美味しいご飯を食べてほしい。

「雪豹の子。こちらへおいで」

手招きされて、スノウはアークの膝の上に下ろされた。足踏みしてバランスを確かめ、手をしまって座る。ルイスが言うには、この座り方は香箱座《こうばこずわ》りというらしい。

アークに優しく撫でられて、スノウはゆっくりと瞬《まばた》きをした。

撫でられるとなぜか眠くなってくる。手の温もりだけではなくて、漂ってくる香りもその理由のひとつだろう。

アークは花が好きなのか、いつも同じ花の香りがする。なんの花なのかは分からないけど、とても心地よいほのかな香りだ。その香りに包まれていると、ついうっとりとしてしまう。

「雪豹の子が食べられる物は見つかったのか？」

アークがルイスに話しかける。スノウに掛けられる声とは違って、ちょっと硬い。その威厳《いげん》のある感じも、スノウは結構好きだ。カッコいい感じがするから。

「はい。豹族の獣人《じゅうじん》でジャギーという調理師がいまして、幼少の頃に食べていた物を勧めてくださいました。ビスケットにミルクと蜂蜜《はちみつ》をかけたものだったのですが、小皿に載せた分をすべて食べきってくださいました」

「そうか……それは良かった」

安堵《あんど》が滲《にじ》んだ声だ。アークの温もりを感じて、眠気に負けてカクッと落ちそうになった頭を持ち上げ、アークの顔を見つめる。

愛情の籠った眼差しに見守られていた。

母とは違うのに、同じくらいの強さの愛情を感じて、思わずくるくると喉が鳴った。その反応に、スノウ自身が驚いてしまう。

ピタッと動きを止めたスノウと同じように、アークも目を見開いて固まった。

しばらくして、忍び寄ってきた手がスノウの喉元をくすぐる。

くるくる……。どうにも止められなくて困ってしまう。

アークは嬉しそうに笑っていて、撫でるのをやめるつもりはないようだし、スノウも正直やめてほしいとは思わなかった。

だって、あまりに心地よくて幸せな気分になるんだ。

「――この調子で声も出るといいな」

「そうですね」

目を伏せる。アークとルイスの切望するような言葉を聞いて、気分が少し落ち込んだ。自然と喉の音が止まる。

(声を出してほしいとみんなが思ってる。僕のこれはわがままなのかな。……分かってるんだ。もう母様が僕の名前を呼んでくれることはないって。でも、母様との唯一残った約束だから……。母様、僕はどうしたらいいの？　会いたいよ……)

頭の中はぐちゃぐちゃで、次第に視界がぼやけてくる。ポロポロと零れ落ちていく涙を見て、みんなが悲しんでいるのは分かっていたけど、止めることができなかった。

ぎゅう、と目を瞑《つぶ》る。

「……雪豹の子」

そっと抱き上げられる。額に何かが押し当てられる感触がした。

思わず目を開くと、近くに夕陽色の瞳があった。悲しみと慈しみと愛情が滲《にじ》んでいる。

アークは再び額に唇を押し当ててきた。

(これって……キス？　母様じゃないのに、僕にキスしてくれるの？)

スノウの母は、いつも寝る前に額にキスをしてくれた。スノウが怖い夢を見ないように、穏やかに眠れるように祈ってくれていたのだ。

「俺の可愛い運命。声を出したくないならばそれでもいいんだ。お前が生きたいと思ってくれるなら、俺はそれだけでいい。どうか自分を責めてくれるな。お前を咎《とが》める者はここにいない。お前の心のままに生きてくれ」

乞い願うような言葉たち。

それを聞いた途端、スノウの心がふわっと軽くなった気がした。

じぃっと見つめると、夕陽色の瞳が柔らかく弧《こ》を描く。スノウも嬉しくなって目を細めた。

「笑っているのか。可愛い子」

額と額が触れる。近すぎて瞳に焦点が合わなくなったけど、アークの優しさが伝わる温もりがあるから幸せだ。額を擦《こす》り付ける。喉がくるくる鳴った。

こんなに幸せな気分になったのは、里を離れてから初めてかもしれない。母様たちが優しく微笑んでくれている気がした。

アークの優しさに満たされて、腕に視線を落としたところで、アークに会いに来た理由を思い出す。スノウは腕輪の礼を言うために、アークの執務室《しつむしつ》を訪れたのだ。

愛しげに見つめてくるアークの顎を、スノウは手でちょいちょいとつついた。

「ん？　どうした？」

（とても素敵な腕輪をありがとう。僕、この石が大好きだよ）

左腕に付けられた腕輪を鼻先でつつき、頬擦《ほおず》りする。うっとりと目を閉じると、スノウの思いはアークに伝わったようだ。

「そんなに喜んでもらえたなら嬉しい。これはお前を守るものだ。ずっと付けていてくれ」

（守るもの？）

きょとんとアークを見つめ返す。

微笑んだアークに再び膝の上に寝かされて、ゆっくりと身体を撫でられた。

「この腕輪には俺の魔法がかかっている。お前の危機を察知したら、自動的に結界を張ってお前を守るんだ。効果は高くないが治癒《ちゆ》の魔法もかけてあるから、多少の毒なんかも問題ないはずだ。魔力は俺から供給されていて、危ないところで効果がなくなるということもない。まあ、お前の危機ならば、すぐに気づいて俺が助けに行くがな」

満足げなアークの声。

この腕輪はなんだか凄いものだったらしい。夕陽色でキラキラしていて綺麗なだけではなかった。これを持っていればアークが助けてくれる。そんなに危険な目に遭うつもりはないけど、これが傍にあれば安心なのは事実だ。

（アーク、ありがとう）

胸に手を掛けて伸び上がり、アークの頬《ほお》をペロッと舐めた。そして、首に顔を擦《こす》り付ける。

優しい花の香りがしてうっとりする。スノウの気持ちの変化にあわせて、また喉がくるくると鳴った。照れくさいけどしょうがない。だって胸が幸せでいっぱいなのだから。

「っ……！」

アークがピシリと音を立てるようにして固まった。

ルイスの「うわぁお……雪豹さま、積極的ぃ～！　これが、襲い受けというものですか！　本で予習しましたよ！」なんて騒がしい声が聞こえてきた。

何を言っているのか意味がよく分からない。

ロウエンが「おやまぁ、陛下がうぶな少年のようになっていますね。これは将来、番様《つがい》の尻に敷かれることになりますかな？　まさか、あの陛下が……フォッフォッフォッ！」なんて不思議な笑い声を上げている。

ロウエンはいつからいたのだろうか。

アークは外野の声が耳に入らない様子で、スノウの目を覗き込んでくる。

頬《ほお》がうっすら赤くなっている気がするけど、どうしたんだろう。

「……雪豹の子。これは愛情表現か？　それとも感謝の印か？　……そうか」

感謝の印という言葉にスノウが頷くと、アークが嬉しいようながっかりしたような、複雑な表情で頷いた。

それでも、頭から胴体までゆっくり撫でてくれるから、その気持ち良さに目を細める。

アークの肩に顎をのせて身を預けると、支えるように抱きしめてくれた。

そのままうつらうつらと眠くなって、アークの服をきゅう、と握る。

不意に母の温もりを思い出した。

母はよくスノウを膝に乗せて背を撫でてくれた。どこを撫でたら気持ち良いか母は熟知《じゅくち》していたから、その仕草にスノウは毎回たちまち蕩《とろ》けて眠くなってしまったものだ。

アークの撫で方は母と比べるとぎこちないけど、たくさんの愛情が籠っていることは伝わってくる。この腕に抱かれていたら、不安なんてなくなるに違いないと思える。

スノウはここに来てから、眠ると必ず夢を見ていた。母や同族との日常と――その終わりの日を。

それは泣きたくなるくらい幸せで、叫んでしまいそうなほど悲しくて、スノウは少し寝るのが怖くなっていた。

だけど、アークに抱きしめられている今は、幸せな夢だけを見られる気がする。

スノウは全身を包み込む安心感にそっと微笑んで、とろとろとした眠りに落ちていった。

◇

しんしんと雪が降る雪豹の里。

家の中は暖かく、幸せな香りがした。柔らかく抱きしめられて揺らされる感覚。

――これは夢だ。もう失ってしまった切ないほど愛しい温もりの思い出。

スノウはちゃんと分かっていて、寂しさと共に、あまりにも心地よい幸せに浸った。

（……母様の香りだ。ふふ、幸せだなぁ）

スノウの記憶の中の母は、強くて優しい女性だった。父はいなかったけど、母はいつだって笑顔でスノウに幸せをくれた。

『――スノウ、そろそろ人型になる練習を始めないとね』

『練習したい！　僕も母様みたいにビジンになるんだよ！』

『あらあら、かっこよくなるんじゃなくていいの？』

夢の中の母がコロコロと笑う。

この会話の時は、『ビジン』も『カッコよく』も言葉の意味が分からなかったのだ。

祖母や周りの人たちが、よく『スノウは母に似て美人になるだろうね』と言っていたから、スノウはそうなるのだと思っていただけで。

スノウはそれからたくさん人型になる練習をしたけど、まだ一度も成功したことがない。

雪豹族は一歳になる頃には人型になれるものらしい。感覚的にあと少しだとは思う。

でも、これから母がいなくてそれができるのか――

移り変わる夢。母との記憶を辿れた時間はあっという間で、暗闇が訪れる。

（――見たくない。もう、いやだ……）

拒んだって夢を操作する能力なんてスノウにはなくて。あの夜のように耳を塞《ふさ》いで蹲《うずくま》る。涙が溢れそうになっても拭えない。

『――雪豹の子』

不意に低く柔らかい声がした。花のような香りが漂う。力強く抱きしめてくる腕の感触が、折れそうになったスノウの心を支えてくれる。

悪夢が遠ざかっていくのを感じた。

（……アーク）

スンスンと鼻を鳴らす。

母とはまったく違う香りが胸を満たして、ふわりと心が温まった。

押し寄せてくる安心感。ここにいれば、スノウは悲しみを感じることなんてひとつもなくて、ずっと守ってもらえるのだ。根拠《こんきょ》もなくそう信じられた。

『――よい子だな。俺の愛しい運命……』

（運命ってなぁに？）

アークは時々スノウを運命と呼ぶ。

それがなんなのか分からないけど、そう呼ばれる度に、スノウの心によく分からない感情が込み上げてくる。それは、スノウの身体の芯を温め、不思議な衝動《しょうどう》をもたらすのだ。

――もっとアークの傍にいたい。片時も離れず傍にいてほしい。


言葉にできない思いが溢れて、少し困惑してしまう。

やはりアークへ向ける感情は、母への思いとは違う気がした。


（――アーク……）

不意に光が満ちた。

開いた視界に映るのは夕陽色の瞳。瞬《まばた》きしながら見守ってくれているのが嬉しくて、思わず目を細めながら、アークの顔に擦《こす》り寄る。

「……これは感謝の印か？　それとも愛情の印か？」

二つ目の問いに頷くと、アークの顔が笑み崩れた。

それでもカッコいいのが凄い。スノウはもう、カッコいいの意味を知っているのだ。

「よく眠っていたな。……今日は泣いてもいなかった」

アークが嬉しそうにスノウの頭を撫で、目元を親指で辿る。その感触が気持ちよくて、スノウは微笑んで目を瞑《つぶ》った。

（アークがいたからだよ）

夢の中まで届いたアークの声。

愛情深いその声や温かな感触が、悪夢さえ払い除けて、スノウの心を守ってくれたのだ。

三　愛ゆえに

雪豹の子が魔王城に来てから二ヶ月が経った。

アークは今日も『愛しい運命の番《つがい》と共に過ごしたい』と思いながら、黙々と書類に目を通していた。しかし、ロウエンが顔を上げた気配に気づいて、僅かに首を傾げる。

アーク同様、ロウエンもまだ書類に埋もれているはずだが、休憩でもとるのだろうか。

「そういえば、陛下にお伺いしておきたいことがあるのですが」

「急になんだ？」

話しかけられて、アークも視線を上げた。思いがけず真剣な眼差しとぶつかって、ゆっくりと瞬《まばた》きをする。ロウエンのこの表情に、あまり良い予感がしない。自然と眉根《まゆね》が寄った。

「陛下はいつ、雪豹の子に、ご自身が運命の番《つがい》なのだと告げるつもりですか？」

「……お前に関係ないだろう」

聞かれたくないことだったから、それで会話を終わらせようとした。

だが、珍しくロウエンは引かないようだ。

「関係ありますよ。陛下の番《つがい》のことですよ？　後々、番《つがい》をお披露目《ひろめ》する式を開いたり、番《つがい》としての権利について雪豹の子に教えたり——しなければならないことはたくさんありますから」

「あるにしても、今急いですることではないだろう？」

少しばかり呆れながらも、アークはため息をついて、手に持っていた書類を机上に放り投げた。執務をやる気がなくなったし、ロウエンの話に付き合ってやろうと思ったのだ。

「——あの子はまだ幼い」

「ですが、獣人《じゅうじん》は成長が早いですよ。私たち吸血鬼族や竜族もそうですが。……陛下は言葉をおしゃべりになるのが早かったですよねぇ」

「二百年以上昔のことは覚えていない。お前の思い出話に付き合うつもりもない」

懐かしそうな呟きにアークが冷たく返すと、ロウエンは「ひどいですねぇ」と肩をすくめた。

ロウエンがこの程度の対応で傷つかないことを、アークは理解している。生まれてすぐの頃に出会い、その後二百年以上の付き合いがあるのだから。

ロウエンはアークより少しだけ年嵩《としかさ》だったが、出会った頃も今も、アークに対して敬う態度をとっていることには変わりがない。

たまにからかってくるのが鬱陶《うっとう》しいが。

「雪豹の子が幼いということだけが、運命の番《つがい》であることを告げない理由ですか？　あの子は説明されれば理解するだけの知性を、既に持っていると思いますが」

首を傾げながらロウエンが問う。

アークは目を細めて、脳裏に愛しい運命の番《つがい》の姿を思い浮かべた。

可愛らしい雪豹の子は、今何をしているだろう。

「……俺が運命と呼んでも、あの子はその意味に気づかない。ただ言葉の意味を知らないというだけではなく、気づこうとしないんだ」

「何故です？」

不思議そうな表情をするロウエンを眺め、アークは「さぁ？」と呟いた。

感情を理解するのは難しい。自身の感情さえ、最近は持て余すことが多いのに、言葉もしゃべらない幼い子の意思を理解するのは、アークにとって非常に困難なことだった。

「おそらく、本能では理解している。だが、心が受け入れられていない。あの子はようやく悲しみが癒えつつある段階で、今は穏やかに過ごしたいんだろう。番《つがい》という、未知のものを恐れているのかもしれない。新しいことを受け入れる余裕はまだないんだ」

アークの言葉に、ロウエンが感心した様子で「なるほど」と呟いた。

「陛下が心について語るなんて、雪豹の子がやってくる前は考えもしませんでしたねぇ」

「うるさい」

端的に咎《とが》めたアークに、ロウエンは「ファッファッファッ」と笑った。この奇妙な笑い方は、ロウエンが本心から楽しんでいることを意味している。

「まずは雪豹の子の心を癒やすことが優先ですか」

「ああ、そのつもりだ」

「それには、陛下が傍にいてさしあげるのが良いのでしょうねぇ。雪豹の子が理解していなくとも、運命の番《つがい》が傍にいることは、きっと良い影響を与えることでしょう」

ため息交じりに呟いたロウエンは、机の上に積み重なっている書類を眺めて、眉間《みけん》に皺を寄せた。

「——つくづく思うのですが、この書類、あの窓から投げ捨ててはいけませんか？」

「駄目に決まっているだろう。……お前がそんなことを言うのは珍しいな」

いつもアークに「仕事をしろ」と言ってくるのはロウエンの方だ。そんな男が仕事を放り投げようとするなんて、明日は雹《ひょう》でも降るのだろうか。

ちらりと視線を向けた窓の外には青空が広がっていた。

雪豹の子は、雹《ひょう》が降ったら案外喜ぶかもしれない。

「いえ。陛下は雪豹の子の傍にいたいし、私は人間たちを滅ぼしに行きたいし——この書類がなくなれば、どちらも可能になるのではないかと」

「なるわけがない。少なくとも、お前の望みは叶わない」

冷たく睨みつけると、ロウエンは「残念です」と苦く笑った。

「まぁ、冗談はさておき。陛下が番《つがい》と仲良くなるのは、これからのことを考えても重要でしょう。運命の番《つがい》だと告げるかはさておき、書類は私に任せて、番《つがい》との仲を深めてきてください」

「は？」

ロウエンを凝視《ぎょうし》する。先程から、ロウエンがいつもと違うことばかり言うから、さすがに気味が悪くなってきた。

そんなアークの思いを察したのか、ロウエンは「なんか失礼なことを考えられている気がします」と不本意そうに呟く。

だが、アークの机上から書類の山を掻《か》っ攫《さら》うのはやめなかった。

「私は今日帰らない予定なので、陛下の分も片付けます。どうぞ番《つがい》と楽しい時間をお過ごしください」

「お前、なんか悪いものでも食ったんじゃないか？」

再度念押しするように促され、アークは思わず疑問を呟きながらロウエンを観察した。ロウエンの表情はいつもと同じように見えるのだが、言動が明らかにおかしい。

「やっぱり失礼ですねぇ。――代わりに、人間に処罰を下す際は、必ず私を連れて行くと約束してくだされればいいのですよ」

真剣な表情で頼まれて、アークは嘆息しながら納得した。

人間に強い憎しみを抱いているロウエンは、いつだって正式な理由で人間を倒す機会がないかと探っている。宰相《さいしょう》という立場上、勝手に人間世界を攻撃することはできないからだ。

雪豹の里の事件は、ロウエンにとって絶好のチャンスでもあった。

この機会を逃さないよう、アークに交換条件を持ちかけるのはロウエンらしい考え方だ。

「……分かった。約束しよう」

ロウエンを窘《たしな》めるべきか、運命の番《つがい》との甘やかな時間を優先するべきか。悩んだ時間は一瞬だった。

運命の番《つがい》に勝てるものなんて、この世に存在しない。

かつての何事にも無関心なアークなら絶対にしなかっただろう判断を、ロウエンが微笑ましそうに観察しているのは理解していたが、今さら隠す必要性は感じなかった。

◆

アークが珍しく空が明るい内にスノウの部屋に帰ってきた。

今日は執務をもう終わりにしたんだって。

ソファに座るアークの膝の上に乗って、スノウはふんふんと匂いを嗅ぐ。アークから漂う花のような香りが好きだ。アークと出会ってから今までずっと、その思いは変わらない。

「まだ夕食まで時間がある。何かしたいことはあるか？」

(うーん？　アークと過ごせるなら、それだけで嬉しい気がするよ)

スノウの意思は伝わらず、アークは首を傾げた後に不意に頷いた。

「そうだ。魔王城の探検をしよう。お前のために用意したものがあるんだ」

（僕のために？）

なんだろう、と疑問に思いながら、スノウを抱き上げるたくましい腕に身を預ける。

いつもスノウを抱き上げてくれるルイスは、華奢《きゃしゃ》な少年の体型をしている。

だから最近はスノウを抱き上げて運ぶ仕草が少しおぼつかなくなってきた。それだけ、ここに来てからスノウが成長しているということだ。

成長していることは嬉しいけど、落とされないかと不安になることもしばしばある。

でも、アークにはそんな心配を感じる必要がなかった。スノウの身体を包み込んで、余裕のある顔を見せているから。スノウが多少暴れたところで揺らぐこともないのだろう。

（心地いい……）

柔らかなクッションで寝そべるのもいいけど、アークの優しく甘い香りに包まれて、しっかりと抱きしめられるのも気持ちが良いのだ。

◇

アークの腕に抱かれて、半ば微睡《まどろ》みながら、どこかに連れていかれた。

部屋を出て魔王城の中を歩くのは久しぶりだけど、アークが傍にいるから不安なんてない。

時折人の視線を感じても、すぐに逸らされる。アークに気軽に話しかける人はいないようだ。

「ここだ」

アークの声が聞こえて、スノウはゆっくりと目を開けた。

(うん？　これは何？)

辿り着いたのはどこかの部屋のようだ。床一面に柔らかそうなクッションが敷き詰められている。そして、いたるところにぬいぐるみが転がっていた。ぬいぐるみといっても、可愛い顔立ちではなくて、魔物を模したもののようだけど。

「獣人《じゅうじん》は狩りをするのが得意なんだろう？　幼い頃は、魔物を模したおもちゃで練習をするのだと聞いた。スノウはしてみたくないか？」

(してみたい！)

考えるより先に、無言で答えていた。尻尾がゆらゆらと揺れる。

そんなスノウの様子を見て、アークが蕩《とろ》けるように微笑んだ。

その笑顔はなんかズルい。理由はよく分からないけど、胸がムズムズとくすぐったい気がして、スノウは目を逸らした。

「ほら、遊ぶといい」

床におろされて、クッションを踏みしめる。

これはもしかして、転倒して怪我《けが》するのを防ぐためのものだろうか。だとしたら、過保護すぎる。

獣人《じゅうじん》は子どもであってもそれくらいのことで怪我《けが》なんてしないのに。

とはいえ、アークの思いやりであるのは間違いないので、今は苦笑して受け入れることにする。

いつか本物の魔物を狩って、成長を見せつけてあげようとは思ったけど。

「ぬいぐるみを動かした方が楽しいんですかね？」

スノウたちについてきたルイスが、ニコニコと笑いながらぬいぐるみを手に取った。

それをスノウの前で揺らすから、無意識の内に目で追ってしまう。これは雪豹の本能なのだから仕方ない。

(うー……そこだ！)

ぴょん、と跳ねてぬいぐるみを捕まえた。

ガブッと噛んでアークに見せると、「すごいな」と褒められる。そんな言葉を掛けられるのは久々で、嬉しくてたまらない。

(母様はよく僕を褒めてくれたなぁ)

大きく綺麗にできた雪玉。深く掘った雪穴。たくさん作った雪うさぎ。

何を作っても、母はスノウを褒め称えた。危ないことをしたらたくさん叱られたけど、それも愛情があるからこそなのだと分かっている。

「これはどうだ？」

違うぬいぐるみをアークが動かす。

でも、スノウはぬいぐるみ以上にアークのことが気になった。少し離れただけなのに、また傍にいたいと強く願ってしまう。

母や他の同族たちに感じたことのないその思いに戸惑いながら、スノウはアークの手に飛びついた。

「ふっ、俺を狩ろうとしているのか？　それは随分と強気なことだ。だが、スノウに捕まるなら、幸せなことかもしれないな」

アークが愉快そうに呟く。

スノウは狩るつもりで抱きついたわけではなかったけど、それでアークを捕まえられるなら良いことだと思った。アークはいつも忙しそうで、スノウが傍にいてほしいと思っても、なかなかその願いが叶わないから。

（僕の獲物《えもの》なら、ずっと傍にいてくれる？）

アークの手首を甘噛みして、上目遣いで表情を窺う。

怒られたらどうしよう、と少し不安だった気持ちが一瞬で消えた。アークが穏やかに微笑んでいたから。その瞳に滲《にじ》む愛情を、スノウは見逃さない。


――愛されている。

そう実感できることが、何よりもスノウの心を癒やしてくれた。ひとりぼっちで生きていかなくてもいいのだと、言葉にされなくても伝わってくる。

「俺の運命。愛しい子。ゆっくり健やかに成長してくれ」

額にキスされる。

スノウを想う気持ちが伝わってきて、くすぐったくなるほどの嬉しさがこみ上げる。

アークと過ごしている間だけは、悲しいことを忘れて、安らかな心地になる。この時間がなくなってしまえば、スノウは悲しみに押しつぶされて、息をすることもできなくなるだろう。

アークは、雪豹の里でひとりぼっちになったスノウを見つけてくれただけでなく、心まで救ってくれる凄い人だ。

（……もう少しだけ。あとちょっとだけ、僕はただの子どもでいていいかな。失った悲しみを、抱えたままでいさせてほしいんだよ）

目を瞑《つぶ》ると母や同族たちの姿が思い浮かぶ。

彼らが苦しみを訴えてこなくなったのは最近のこと。今では微笑みながら、スノウが前を向いて歩き始めることを見守ってくれている。

でも、まだスノウは一歩を踏み出せない。同族たちのことを過去にしたくないから。

母と交わした約束を守るのは、そんなスノウの心の表れだ。

アークはきっとスノウの思いを理解して、急かすことなく見守ってくれている。

その愛情に身を浸して、スノウは今日も温かなアークの腕の中で眠るのだ。

◇

アークのおかげで心安らかに睡眠をとれるようになって、スノウは徐々に元の活発さを取り戻してきた。自分で部屋から出ることはないものの、ベッドからおりて探索に余念がない。

スノウのために用意された部屋には、大きなベッドの他に、クローゼットやソファ、本棚、書き物机などがある。

クローゼットにはいつ人型になっても大丈夫なようにと、各種サイズの服が掛けられていた。それでもあまりに空いたスペースが広い。

（クローゼット、すごく大きいけどそんなに洋服がいるのかな？　『季節ごとに三着あれば十分よ』って母様は言っていたけど）

スノウにとっては、既に部屋のような大きさのクローゼット。ここが洋服で埋まる日がくるのかと首を傾げてしまう。

スノウは獣型になれば洋服はいらない。洗濯物が乾いてなくて着替えがなくてもさほど困らないのだ。たくさんの洋服が必要だとは思えない。

「早く人型になれるといいですねぇ。陛下は洋服をお贈りしたくて仕方ないらしいですよ」

（なんで？　アークは洋服が好きなの？）

毎日スノウを抱きしめて寝てくれるアーク。スノウもアークもその時間を楽しんでいた。

今朝もご機嫌なアークを見送ったばかりだ。

少しずつお互いのことを知っていけていると思うけど、アークが洋服好きだとは知らなかった。むしろ、アークは毎日同じような黒い服ばかり着ているから、洋服に関心がないのだと思っていた。

「動き回ってお疲れではないですか？　ソファでお休みします？」

（僕、赤ちゃんじゃないよ。もっと歩けるよ）

思っているだけでは伝わらず、スノウはルイスに抱かれて大きなソファにのせられる。アークのがっしりとした身体でも寛《くつろ》ぎやすそうな大きなソファは、スノウにとってはベッドのようだ。

ふわふわした白いクッションが置かれていて、思わず足で踏んで感触を確かめる。包み込むように沈む感触がくせになった。

（気持ちいい……）

クッションに座り込んで思わずペタリと伏せる。身体に触れる感触が優しくて、気に入った。

たくさん寝たから眠くなることはなかったので、ぐるりと部屋を見渡してみる。廊下《ろうか》に通じる扉ではなく、もうひとつある扉が不意に気になった。

「……あの扉の先は陛下の部屋ですよ」

スノウの目線に気づいたルイスが答えてくれた。そう言われてみると、アークは夜あの扉から現れることがある気がする。

(お隣さんなんだ。アークの部屋にも行ってみたいな)

思い立ったが吉日。ソファからおりて、ちょこちょこと歩いて扉に向かう。

後ろでルイスが慌てる気配がした。

「え？　陛下の部屋には入れませんよ！」

(どうして？)

振り返って首を傾げると、ルイスが「ぐぅ……」と呻《うめ》いて床に膝をつく。体調が悪くなったのかと心配になって、スノウは慌てて駆け寄った。

「見返《みかえ》り美人とはこのことか……！　愛らしさが限界突破！」

(何言ってるの……？)

最近、ルイスの言葉の意味が分からなくなることが多い。「萌《も》えを学びました」と言われた時が一番分からなかったけど。萌《も》えって何。里の外にはたくさんの言葉があるものだ。

とりあえずルイスの体調は悪くなさそうなので、足元に座って宥めるように脚を叩いてあげた。

◇

ルイスが落ち着きを取り戻し、スノウが部屋の探索に満足したところで、花のような香りが近づいてくることに気づいた。アークだ。

咄嗟に見上げた窓から見えるのは、晴れ渡った青空。夜どころか夕陽の気配さえない。

（アークのお仕事って不思議だなぁ）

朝のおはようの挨拶から、夜のおやすみの挨拶まで姿を見せないことが多いけど、時々ふらっと現れて、これでもかとスノウを慈しんでくれる。

ルイスが言うには「陛下は雪豹の子に会いたくてたまらなくて、なんとか仕事の合間を縫《ぬ》っていらっしゃるんですよ」とのことらしい。

アークが来てくれるのは嬉しいから、スノウはいつだって歓迎するけど、そのせいで忙しくなって体調を崩されたら嫌だなぁとも思う。

「雪豹の子」

（アーク、お疲れさま）

近づいてきたと思ったら、すぐに抱き上げられて、額を合わせる。

グリグリと額を擦《こす》り付けると、アークがくすぐったそうに笑った。仕事のせいか硬くなっていた表情が、途端に緩んでいくのを見るのが、スノウの最近のお気に入りである。

アークがこれほどまでに柔らかい表情を向けるのは、スノウに対してだけなのだと、以前ルイスに教えられた。

それがどうしてなのかは分からないけど、なんとなく嬉しい。

アークの笑顔を独り占めできるのは凄いと思うんだ。

だって、アークは魔王。すべての魔族の上に立つ偉大な存在なのだから。

「元気そうだな」

(うん。アークも熱ないね。元気なのは良いことだよ)

額に触れた温度がいつもと変わりないことに満足してスノウが頷いていれば、アークは「そんなに主張しなくても、元気なことは分かっているぞ。昨夜もよく眠れたようだしな」と楽しそうに呟いた。

微妙に意思が伝わらないのはいつものこと。

スノウが声を出さないことが原因なのだから仕方ない。

「お菓子を持ってきたんだ。甘いものが好きだっただろう？　共に食べよう」

(甘いもの！)

珍しい誘いに、感情のままに耳と尻尾がピンと立った。

ミルクに浸したビスケットに蜂蜜《はちみつ》を掛けたものが、スノウの主食になっている。

それに加えて、最近はお茶の時間に、フルーツミルクを出してもらうこともある。果物の甘酸っぱさとミルクの濃厚さが美味しいんだ。

雪豹の里では、甘いものが貴重だった。それでも、お祝いごとがあればみんなで食べていたし、それはスノウにとって幸せな記憶のひとつになっている。

(ここに来てから、僕は贅沢《ぜいたく》しすぎてるかもしれない)

ルイスが並べてくれるお皿を見ながら、スノウは少し反省した。

みんなは際限なくスノウを甘やかしてくれるけど、このまま受け入れてばかりでいいのだろうか。この状況に慣れてしまったら、スノウは独り立ちできなくなる気がする。

(……もう同族はいないんだから、大人になれば、一人で生きていかないといけないのに)

「難しい顔をしているな？　ほら、口を開けろ」

(ん？)

考える前に動いていた。

パカッと開けた口に、ビスケットのようなものが入ってくる。噛んでいると、果物の甘さがじんわりと感じられた。

機嫌の良さを表すように尻尾がゆらりと揺れる。

「ドライフルーツを混ぜたクッキーだ。気に入ったようだな」

(うん！　これ、美味しいよ)

「そろそろもっと固いものを食べるべきだと言われてな。美味しく食べられたなら良かった」

(え、ミルクは終わり？)

哺乳瓶《ほにゅうびん》は嫌だけど、ミルクは好きなんだけどなぁ、と思ってしまった。ミルクに浸したビスケットは柔らかくて美味しい。

残念がっている気持ちが伝わったのか、アークが「くくっ」と喉で笑う。愛しそうに見つめられて、なんだか恥ずかしくなってきた。

「好きならばミルクに浸けたものも食べるといい。もうじき、肉も食べた方がいいが」

（お肉！　僕、少しなら食べたことがあるよ）

母が作ってくれたシチューには、小さいお肉がたくさん入っていた。スノウの好物だ。それならまた食べたい。

「やはり雪豹族だな。肉への興味は強いか。――よし、今度俺が狩ってきてやろう。美味しい肉だぞ」

（アークは狩りもするんだね！　楽しみにしてるよ）

楽しそうに言うアークに、スノウはワクワクとした気持ちを隠さず、ぎゅっと抱きついた。

モテる雪豹の条件は、狩りが上手なことだ。

アークのことは元々カッコいいと思っていたけど、狩りも上手なら更に魅力的だと思う。きっとたくさんの人にモテているのだろう。

（こんなにカッコいい人が獲物《えもの》を貢《みつ》ぐ相手が子どもの僕だなんて、誰が思うかな？）

スノウの心を浮き立たせているのは、見たこともない誰かに対する優越感かもしれない。それほどまでに、アークから愛されているという事実が嬉しいのだ。

「今はお菓子で我慢してくれ」

（これも美味しいよ）

また口に入れられたクッキーをもぐもぐと食べる。

アークから蕩《とろ》けるような目で見つめられているけど、もう慣れてしまってあまり気にならない。

でも、スノウに食べさせるばかりで幸せそうにしているのが、不思議ではある。

(アークは僕に食べさせるのが好きなのかな？)

ふと、雪豹の里で見た光景を思い出す。

仲の良い雪豹たちが、互いに食事を食べさせ合っていた姿は、幸せいっぱいに見えた。

今のスノウとアークも、そんな風に見えているのだろうか。

(——そうだったら、嬉しいな)

ぽかぽかと温かくなる心を感じて、自然と微笑みが浮かぶ。

アークとのこんな時間がずっと続けばいいのに、と願いながら、再び差し出されたクッキーをカプッと食べた。

◆

魔王の執務室《しつむしつ》。

本日の謁見《えっけん》を終えて帰ってきたアークは、待ち構えていたロウエンを見て眉を顰《ひそ》めた。

「謁見《えっけん》に顔を出さず、こんなところで何をしているんだ？」

「ああ、申し訳ありません。本日の訪問者たちはさほど重要な用があるように思えなかったので……部下からの報告を優先しました」

「報告?」

「人間の動向に関してです」

穏やかな口調の奥に潜む冷酷《れいこく》さ。ロウエンの声音から人間への強い敵意を感じ取り、アークはため息をつく。

雪豹の里のことを考えると、アークも人間に対して怒りが湧いてくる。番《つがい》が受けた悲しみと同じ分だけ、人間たちを苦しめてやりたいとさえ思う。

だが、魔王という立場上、私情だけで動くことはできないと理解していた。

それに、アークはロウエンとは違い、雪豹の里での惨劇《さんげき》が起こるまでは、人間自体に悪感情はなかった。関心が薄かったとも言える。

遥《はる》か昔の世代が休戦条約を結んで、世界を人間のものと魔族のものとで半分に分けたことに納得しているし、今以上に魔族の領土を広げようと考えたこともなかった。

だが、人間と領土が接している地域で小さな諍《いさか》いが続いていることは知っているし、それをある程度許容してきた。

魔族も人間も、互いを生理的に嫌う者は多いのだから仕方ない。アークが小さな諍《いさか》いまで咎《とが》めてしまったら、彼らの反感はアークにも向かい、制御できなくなる。

人間がおかしな技術を生み出したのは、魔族との戦争を再開するためかもしれない。そうなれば、アークは魔王として、徹底的に人間を懲らしめなければならない。

(なんとも面倒な話だ。何故人間は大人しくしていられないのか……)

番《つがい》に代わって人間に報復《ほうふく》するのは当然だが、後々まで続く影響を考えると頭が痛くなるような気分である。

アークは執務椅子に腰かけて、机の上で手を組んだ。

「聞かせろ」

「御意」

わざとらしいほどに恭《うやうや》しく礼をしたロウエンが報告を始める。

ロウエンとはほぼ同年代で長い付き合いだが、こういう態度はアークを揶揄《からか》うためにやっているはずだ。アークが堅苦しい態度を嫌っているのをロウエンは知っているのだから。

「――技術を開発し、雪豹の里を襲ったのはトルエン国。雪豹の里がある山からおりたところにある人間世界の小国です」

「ほう……あの国は貧しいのが特徴のような国だと思っていたが」

「ええ。ですが、十年前にその隣のテイク帝国から一人の女性が嫁《とつ》いでいます。帝国きっての技術者の女性です。持参金として帝国から多額の資金と数多の人材が贈られました」

「……つまり、トルエン国の後ろにテイク帝国がいるのか」

眉間《みけん》に力が籠った。

テイク帝国は人間世界の中でも一、二を争う大国だ。魔族世界とは領土が面しておらず、長く魔族との諍《いさか》いがないせいか、魔族を軽視《けいし》する傾向があることは知っている。

「間違いないでしょう。おそらくテイク帝国は魔族との戦争をしたいのです。こちらの領土を侵略するつもりのはず。人間世界は資源が枯渇《こかつ》してきているとも聞きますし」

「愚かだな……」

ロウエンの推測は大きく外れてはいないだろう。

テイク帝国が前面に出ないのは、万が一の場合にトルエン国を魔族への盾《たて》にするためか。なんとも魔族を甘く見ているものである。

「――それで、技術については？」

「まず、陛下の力を阻害したのは、魔珠《まじゅ》を模倣《もほう》した道具でした。擬似魔珠《ぎじまじゅ》と呼ばれているようです」

「なるほど……」

ロウエンの回答は、予想していたものではあった。だが、その言葉が意味することの深刻さを考えて、アークは強く眉を寄せる。

現在の世界は明確に二分されている。魔族世界と人間世界だ。

かつてこの世界では、魔族と人間の間で血で血を洗うような戦争があった。魔族と人間は生理的に相容れない部分が多かったからだ。

魔族は人間の狡猾さや集団でしか狩りができない弱さを蔑《さげす》んでいたし、人間は魔族の魔法頼りな偏った技術力や国としての成熟度の低さを見下していた。同族の里での暮らしを基本とする魔族は、人間と違って種族の枠を超えた団結力が弱いのだ。

一方で、人間は魔族の領土の資源の豊富さを羨み、魔族は人間の豊かな農作物を欲してもいた。

様々な理由が絡み合い起こった戦争は、長命である魔族から見ても予想以上に長引き、互いの種族を傷つけるばかりで双方得るものはなかった。

そして、その状況を憂《うれ》いた当時の魔王と人間の国々を代表した王との会談により、休戦条約が結ばれることになる。恨みや憎しみばかりをもたらした戦争の終結だ。

その休戦条約で定められたのが、世界の二分化だった。

魔族側の領土は人間が暮らせないほど魔力濃度が高く、人間側の領土は魔族が暮らせないほど魔力濃度が低い、という風に魔力を調整したのだ。

元々、魔族側の領土から魔力が噴き出して世界を巡っていたから、領土の境界に一定間隔で魔力の流出を阻害する楔《くさび》を打つだけで魔力の調整ができた。

だが、この状況には不都合もある。

それは、魔族と人間の最低限の交流が阻害されるということだ。

すべての魔族や人間が互いを憎んでいるわけではない。アークのように人間に無関心な魔族もいれば、ロウエンのように憎悪《ぞうお》する魔族もいる。それは人間も同じことだった。

それに、互いの領土でしか得られない物もある。その全てを手放すことは、魔族にとっても人間にとっても望まないことだった。

そのため、限られた範囲で互いの領土を行き来するための道具ができた。

それが魔珠《まじゅ》と呼ばれる物だ。

魔珠《まじゅ》は魔力を放ったり溜めたりすることができる結晶だ。魔珠《まじゅ》を持つことで、身体の周囲の魔力濃度を調整し、体質に適さない魔力濃度の中でもひと月ほどは不自由なく活動できる。

魔族と人間の共同開発により生まれた魔珠《まじゅ》は世界に十個しかなく、互いの種族で五個ずつ保有している。

「魔珠《まじゅ》とは、かつての魔王の血を核《かく》に使って作った物のはずだが、人間はどうやって模倣《もほう》した？」

「領土間の小競り合いで死んだ魔族の血を使ったようですよ。本来の魔珠《まじゅ》ほどの効果はないので、魔族の領土で活動できるのは、一個でせいぜい一週間ほど。しかも使い捨てでしょうね」

「ふん。模倣《もほう》できるところは、さすが技術力に優れる人間だが、それで俺の能力を阻害したというのはどういう理屈だ？」

「魔珠《まじゅ》の持つ特性のうち、魔力を吸収するという作用を強めたようです。魔族世界を巡る一週間分の量の魔力を一時間で急速に吸収すると、一定の範囲の魔力濃度が極度に低下します。陛下の能力は魔力を用いたものなのですから、擬似魔珠《ぎじまじゅ》により魔力濃度が低下した地域の把握はできなくなります。……人間世界の把握ができないように」

「ああ、そういうことか。魔族の領土内に急に人間の領土ができるようなものだな……」

思わず顔を顰《しか》めた。

想像以上に擬似魔珠《ぎじまじゅ》の効果は魔族にとって良くないものだった。これではこちらの領土に侵入し放題で、しかも相手に有利な状況ができてしまう。

ほとんどの魔族は、低い魔力濃度の中では十全に戦えないのだ。

「……雪豹族があああも呆気《あっけ》なく全滅したのは、そのせいか」

「そうですね。雪豹族は獣人《じゅうじん》の中でも珍しく、身体能力よりも魔力を駆使《くし》して戦う種族です。おそらく、そのせいで満足に抵抗できなかったのでしょう」

「俺が到着したときには、そのような魔力低下は感知できなかったが。むしろ普段より濃いように感じた気がする」

「既に擬似魔珠《ぎじまじゅ》の効果が切れていたのでしょう。吸収した分の魔力が一気に戻されたことで、普段よりも濃度が高まっていたのかもしれません」

「そうか……」

深いため息が漏れた。

おそらく雪豹族が魔族の中でも最初に標的《ひょうてき》に選ばれたのは、トルエン国から近い上に、魔力を重視した戦い方をする種族だったからだろう。その珍しさ故に、人間側にも戦い方の記録が残っていたのかもしれない。

それにあの辺は、雪豹族の他には、身体能力の高い獣人《じゅうじん》の里しかなかったはずだ。

「――兵器は？」

「新たな銃器《じゅうき》と大砲《たいほう》のようなものですね。魔力は使わず、火薬などで作られています」

「そこはさほど特出したものではないのか……」

「ええ。今回の雪豹の里の襲撃は、擬似魔珠《ぎじまじゅ》の実験とその製造のための血の採取が目的だったかと思います」

「血の採取か……そういえば、あまり大量に血を流した遺体はなかったな……」

思い出した痛ましい光景に目を伏せる。

死しても人間に玩《もてあそ》ばれたとは、なんと惨《むご》いことか。

「持ち運びが大変だと思ったのか、遺体が持ち去られなかったことは良かったですね。物は破壊か略奪されて、あの雪豹の子に関する物が何も得られなかったのは困りましたが」

「そうだな。あの家には何もなかった。すべて人間が持ち去ったのだろうな……」

雪豹の子の名前でも書いてある物があったら良かったのに。

母親を偲《しの》ぶ形見もなく、すべてを失った子。

その名前さえ呼んでやれないのがあまりに悲しい。

「報告は以上ですが……どうなさいますか？」

尋ねるロウエンの目が好戦的にギラついていた。その様子を横目で眺め、アークは密かにため息をつく。

大切な番《つがい》を傷つけられて、アークも人間に怒りを抱いているが、もともとの性分のせいかロウエンほど感情をあらわにすることができない。

そもそもの怒りの強さも、ロウエンとは異なっているのかもしれない。

ロウエンは過去に起こった人間との争いの生き残りだ。それはアークも同じだが、その際に喪ったものの大きさがあまりに違いすぎる。

かつての戦争の中で、ロウエンたち吸血鬼族は多くの血族を喪った。

ロウエンの番《つがい》と息子も命を落とした。

それによって生まれた憎しみや怒りが大きすぎて、喪った血族の数以上の人間を葬《ほうむ》っていても、ロウエンが抱いた感情は薄れることがない。ロウエンは魔族世界でも一、二を争うほどの人間嫌いで通っている。

もし、アークが雪豹の子を喪うことになっていたなら、今のロウエンの比ではなく激昂《げっこう》したのだろうか。

運命の番《つがい》と出会って、感情が強く芽生えるようになったが、まだ慣れない部分も大きい。

実際には起きなかった未来を想像したところで、自分がどのような感情を抱くのか、理解することはできなかった。

「陛下？」

ロウエンに声を掛けられて、思考を中断する。今考えるべきなのは、人間への対処だ。

雪豹の里が襲われたことが知れ渡って以来、魔族世界はピリピリとした緊張感が満ちている。

多くの者が「厳しい罰を下してやる！」と意気込んでいるのだから、アークは魔王として彼らが納得する処罰をしなくてはならない。罰が足りないとみなされれば、彼らは自ら人間世界に赴《おもむ》き、人間たちを滅ぼそうとするだろう。

それは新たな戦争の始まりともいえる。アークはそのようなことをさせるわけにはいかなかった。

魔族を守る立場である魔王として当然の判断である。

「……俺が行く。これ以上被害が拡大する前に、愚かな技術共々、歯向かう者たちを滅ぼさねば」

「私も行きます」

「ああ。お前の部下も何人か連れて行こう。魔珠《まじゅ》がなくとも、人間世界で動ける者もいるだろう？」

「はい、もちろんです」

久しぶりに人間を倒せることに、喜々とした表情を浮かべるロウエンを眺め、アークは再びため息をついた。

ロウエンが暴走しなければいいのだが。とはいえ、アークに次ぐ実力者であるロウエンを作戦から除くわけにはいかないし、困ったものだ。

◆

夜になると、あの日のことを思い出す。悲しい記憶は、変わらずスノウの中に存在していた。

暗い空を光が流れていく。流れ星だ。

窓際に座り込んで見上げながら、スノウはゆっくりと瞬《まばた》きした。

（……母様に名前を呼んでもらいたい）

流れ星が消える前に願い事を三度唱えると叶うと聞く。でも、何度やっても唱えられなくて、叶えられない願いだからなのだと悟るしかなかった。

「――雪豹の子。そこは冷えるだろう？」

低く優しい声が聞こえた。同時に、花の甘い香りがふわりと押し寄せてくる。

暗い窓にアークの姿が反射していた。自分の部屋から来たところなのか、以前の探索中に通れなかった扉が開いている。

（あ、今ならアークの部屋に行ける！）

気づいた瞬間に駆け出していた。アークがブランケットを持ち、目を見張って驚いていたけど、スノウは気にせずその足元をすり抜ける。

「どうした？」

（お邪魔します！）

アークの部屋に入った瞬間、ぶわりと空気が押し寄せてくるような感覚があった。香りが凄い。アークがいつも纏《まと》っている香りは、この残《のこ》り香《が》なのかと思うくらい、部屋は濃厚な花の香りが満ちていた。

（ふわぁ……凄い……なんか、ムズムズする）

足が止まった。なんとも落ち着かない気分で、部屋の入り口近くでうろうろしてしまう。このままここにいたら、何かがおかしくなってしまいそうだけど、立ち去るのも惜しい。

暗さに目が馴染むと、殺風景《さっぷうけい》な部屋が見える。家具のどれもが黒色なのか、闇に溶け込むように見えた。アークは黒色が好きなのかもしれない。

（そのわりに、僕に用意してくれた部屋は白とか黄色で柔らかいものばかりだけど）

触り心地までこだわったのか、シーツも毛布《もうふ》もクッションも柔らかくて質がいい。アークの部屋の無造作感とはまるで違った。

もしや、アークではなく、ルイスが用意してくれたのだろうか。

「この部屋には何も面白い物はないぞ。ほら、そろそろ寝よう」

アークがスノウを抱き上げる。

スノウはもうアークの部屋を探索する気がなくなってしまっていた。圧を感じるほど凄まじい香りに、今のスノウでは太刀打ちできないと直感したのだ。

スノウは見た目以上に逞しく感じるアークの腕に身を預けながら、慣れた香りに目を細めた。

部屋に満ちた香りはあまりに濃くて落ち着かなくなったけど、アーク自身から香るものは心安らぐ。まだ、この優しさに浸っていたいと思った。

(──まだ？　まだって、なんだろう？)

自分の思考に首を傾げる。

いつかその優しさが変わってしまうと思っているような考えだ。

それとも、いつかアークと離れなければならないと感じているのだろうか。

そう考えた瞬間に、胸がぎゅっと締め付けられる心地がする。その心のままに、アークの胸元を握り締めた。

「どうした？　何か辛いか？」

(ううん……分からないけど、アークと、ずっとこのまま一緒にいたい)

ベッドに寝かされて、優しく撫でてくれる手に懐いて、新たな願いを唱えた。

流れ星が消えるまでに、三度唱えることはできなかったけど。

◇

「おはよう、俺の可愛い運命」

(……おはよう)

寝起きにアークの笑顔があると、なんだか心臓に悪い。

ドキドキする胸を押さえてぱちりと瞬《まばた》きすると、額にキスが落ちてきた。更に鼓動《こどう》が激しくなるからやめてほしい。

仕返しにとアークの頬《ほお》に口を寄せてペロッと舐める。アークは嬉しそうに笑っただけだった。

起き上がるアークを眺めながら、ベッドでごろごろする。まだ朝早くて、二度寝をしたい気分だ。でも、アークがいないと嫌な夢を見てしまいそうだから眠れない。

(一緒に二度寝しない？)

誘ったところで、仕事があるアークが付き合ってくれないことは分かっていた。仕方なく身体を起こして、座り込む。

「……今日は帰りが遅いかもしれない」

(どこかお出掛けするの？)

「心配しないで待っていてくれ。俺は強いからな」

(どういうこと……？)

いつもスノウに向けられる優しい声音とは違い、硬い響きが感じられた。その声で放たれたのは、まるで誰かと戦ってくると告げるような言葉。

母や里の者たちが、狩りの前に漂わせる雰囲気に似ていたけど、それよりもなんだか恐ろしい気がした。

雪豹の里が襲われた夜のことを思い出して、スノウの身体にゾワッと震えが走る。

目を見開いて固まるスノウを見て、アークが眉尻を下げた。失敗したと言いたげだ。

「──ああ、本当に大丈夫だ。そんな顔をするな。行けなくなってしまう」

（それなら、行かないで。一緒にここで寝てようよ。危ないこと、しないで。……僕を、もう、一人にしないでっ……）

ポロポロと落ちていく雫。それをアークの指が拭っていく。

そっと顔が両手で包まれて、額にキスが落ちてきた。それは胸を騒がせるものではなく、むしろ落ち着かせてくれるもの。

繰り返されるキスに自然と目を閉じる。

スノウは少しずつ冷静さを取り戻していった。

大人の魔族たる者、狩りのひとつもできなければ生きていけない。危ないことなんて百も承知で、戦いに赴《おもむ》くのが魔族である。それは幼いスノウとて本能で分かっていることだった。

スノウより大きくて、おそらくだいぶ年上のアーク。魔王なんて呼ばれているのだから、きっと誰よりも強くてたくさんの狩りの成果を上げるのだろう。

その強さを信じずに引き留めようとするのは、アークを侮辱《ぶじょく》することなのかもしれない。

（……待ってるよ。待ってるから、絶対に無事に帰ってきてね）

ペロッとアークの唇を舐めると、アークが目を見開いて固まった。

「……行ってくる」

アークが呆然とした様子で呟く。そして、スノウをぎゅっと抱きしめてから、ふらりと立ち去った。その後ろ姿に覇気《はき》がないように見えた。

少し不安になる。何かいけないことをしただろうか、と。

（本当に、大丈夫かなぁ……）

入れ替わりでやって来たルイスにブラシで毛繕《けづくろ》いをされながら、アークが帰ってくるまでの時間をどう過ごそうかと、落ち着かない心を宥めてため息をついた。

◆

人間世界。そこは極めて魔力が薄く、魔族の活動に適していない。

だが、それは普通の魔族に限った話だ。

魔族の王であるアークは、身の内に莫大《ばくだい》な量の魔力を保持しているから、さほど問題に感じない。

ずっとここで暮らせと言われたら御免だが。

「――久々ですねぇ、こうして人間世界に赴《おもむ》くのは」

静かに好戦的な気配を漂わせるロウエンを横目で見る。

ロウエンは蝙蝠《こうもり》のような翼を羽ばたかせながら、悠々とアークの後ろについて飛んでいた。

アークの背には白い竜の翼。アークは魔王であると同時に竜族の長でもあった。普段は人型をとっているが、本来の姿は巨大な白銀の竜である。

眼下《がんか》には寂《さび》れた里が流れる。

トルエン国は評判通り貧しい国だった。魔族の領土と隣接していて、人間世界としては少し魔力濃度が高めなこともあり、農作物が上手く育たないせいだろう。魔鉄鉱《まてっこう》などの資源は早々に取り尽くし枯渇《こかつ》しているようだ。

目指す先にある城は、魔王城を見慣れているアークからすれば、少し大きめの屋敷といえる程度のものだ。

「今日の動きは分かっているな?」

「ええ。人間をちょっと脅かして、盗んだものを取り返し、改めて互いの不可侵を示すのでしょう?　ですが、この辺の里は滅ぼさなくていいんですか?　雪豹の里の報復《ほうふく》には足りなくありませんか?」

人間への憎しみがこもった不満を滲《にじ》ませるロウエンに、アークは内心でため息をついた。

アークも、番《つがい》のことを思えば、人間に対して腸《はらわた》が煮えくり返るような気分である。

特に、こうして人間世界までやって来て、雪豹の里を滅ぼした者が近くにいるのを感じると、想像していた以上にアークの心を怒りが支配するようになっていた。

今はそれをなんとか鎮め、魔王としての役目を全うしようとしているのだが、ロウエンにつられて暴走してしまいそうになる。

正直、番《つがい》を苦しめた人間なんて、どうなろうと構わない。だが、ここで理性を失い、心のままに暴れたところで番《つがい》が救われるわけではないことも理解している。

私情を一旦忘れて、魔王としての冷静さを保つよう努めながら、アークはロウエンを見つめた。

「人間は同族であっても下の者の命にさほど価値を感じないと聞く。この辺で貧困《ひんこん》に喘《あえ》いでいる里をいくつか壊したところで、大した脅しにはならないだろう」

「集団主義の人間より、個人主義の魔族の方が血族の団結力が強いなんて、どういうことなんでしょうね」

「人間は弱いから群れているだけで、基本的に自分本位な生き物だからな」

「まったく醜いものです」

話しながら飛んでいたら、そろそろ王都に着くところまでやって来た。少し活気のある雰囲気が伝わってくる。

それと同時に、魔族の血の匂いが漂ってくる場所にも気づいた。

「……あそこが擬似魔珠《ぎじまじゅ》の製造所のようだな」

腹の中が焼けるように熱い。番《つがい》の仲間が受けた苦しみを思うと、怒りが込み上げ溢れ出しそうになる。それを堪えるために噛み締めた唇から、じわりと血の味が滲《にじ》んだ。

「では、行きますか」

血に敏感《びんかん》な吸血鬼族であるロウエンは既に製造所に気づいていたのか、アークの言葉を軽く受けて、瞳を好戦的に輝かせた。

擬似魔珠《ぎじまじゅ》の製造所を破壊し、奪われた魔族の血を取り返すのはアークたちの目的のひとつだ。

それで擬似魔珠《ぎじまじゅ》の技術のすべてを葬《ほうむ》れるわけではないだろうが、奪われたものをそのままにしておくことは、魔王の面子《めんつ》に懸けても許せない。

番《つがい》を想うただの男として言うなら、人間を血煙《ちけむり》に変えてでも取り返したいものである。

「――行け」

アークの合図と共に、ロウエンとその部下たちが人間の群れに飛び込む。

その襲撃に気づき慌てたた人間たちによって数多の武器が振るわれるも、ロウエンたちに傷ひとつ残すことはない。圧倒的な実力差がそこにあった。

同時に、魔珠《まじゅ》を持ってトルエン国に潜入していた魔族も、正体を現して戦いに身を投じる。混乱に次ぐ混乱が起こった。

眼下《がんか》に広がる戦況を確認して、思わずアークの唇が笑みの形で歪む。

番《つがい》を苦しめた者たちが、呆気《あっけ》なく倒れていく姿を愉快に思える程度には、アークも人間たちを憎んでいたのだと気づいた。

魔王として、あからさまに表に出すことはできない感情である。

◇

しばらくロウエンたちの働きを眺めて、問題がなさそうだと判断したアークは、魔法で姿を消して、雪豹族の気配を感じる場所へと静かに向かった。

辿り着いたのはひとつの倉庫。

そこには数多の荷が積まれていた。宝石や価値のある金属類は大切そうに仕舞われていたが、雑多に管理されているものも多い。縫《ぬ》い付けられた宝石を取り除いたと思しき布や装飾を失った小箱。

雪豹の里から奪われた物が、ところ狭しと詰められていた。

「──これほどに奪って……人間の傲慢《ごうまん》さは度しがたいものだな」

グッと唇を噛みしめる。普段は制御のきく魔力が、暴走してしまいそうだった。

何故雪豹たちはこれほどまでに尊厳《そんげん》を踏《ふ》み躙《にじ》られなければならなかったのか。

こんなことをした人間たちを許せるわけがない。

人気のない倉庫を歩き回り、片っ端から回収していく。これらはすべて、唯一残った血族である雪豹の子に渡されるべき物だ。汚れた物は綺麗に、宝石がとられた物も元通りにして渡そう。

愛しい運命の番《つがい》がどのような表情を見せるのかと想像していたアークの手が、不意にピタリと止まる。

金の刺繍《ししゅう》がされた大きな布。端には宝石をとられた跡があった。

その布から微かに漂うのは、甘い蜜《みつ》の香り。アークの運命の番《つがい》の香りだった。

「これは……おくるみか。こんなものまで人間は奪っていたのか」

今よりも更に幼い番《つがい》を包んだだろう布。綺麗に施された刺繍《ししゅう》は、おそらく母親が縫《ぬ》ったものだろう。幼い子の健やかな成長と幸せを願った模様が、母親の愛を示していた。

その刺繍《ししゅう》を指で辿り、アークは改めて幼い番《つがい》を慈しむことを心に決めた。早くに失ってしまった母親の愛を上回るくらい、アークは幼い番《つがい》を慈しみ、幸せにしなければならない。

それは、雪豹の里の惨劇《さんげき》に気づくことも守ることもできなかった、魔王としての贖罪《しょくざい》でもあった。

「ん？　これは――」

おくるみの端に、流麗《りゅうれい》な飾り文字が刺繍《ししゅう》されていた。

「S、N、O、W、……スノウか」

呟いた瞬間、乾いた地面から水が湧き泉になるかのごとく、甘美《かんび》な愛が胸に溢れてきた。ブルッと身体が震える。長く過ごしてきた生で一度も感じたことのない、甘く激しい切望。

――今すぐこの手で番《つがい》を抱きしめたい。あの柔らかくて甘い香りのする顔中にキスを降り注ぎたい。たくさんの愛を伝えたい。

「スノウ……スノウ……スノウ……あぁ、良い名だな」

アークはうっとりと笑みながら、魔王城に残してきた小さな番《つがい》を想って、名を呟き続けた。

「……陛下、壊れました？」

「失礼だな」

いつの間にか後ろにやって来ていたロウエンに、不気味なものを見るような表情をされたのは心外だ。愛しい番《つがい》を想っていただけなのに。

「あらかた、奪われた物の回収はできたようですね？」

「ああ、ロウエンの方はどうだ？」

「擬似魔珠《ぎじまじゅ》製造所は壊滅《かいめつ》させました。血の回収も終わっています」

「技術者は？」

「いません。王城にいると報告がありました」

ロウエンの言葉に頷き、残っていた物を仕舞って外に向かう。

後は、人間が魔族に手を出さないよう、少しばかり脅してやるだけだ。

番《つがい》への甘美《かんび》な想いで一時は鎮まった憤りが、再び身の内で沸々とこみ上げてきたことを考えると、少しで済むかはあまり自信がないが。

◇

トルエン国の城は混乱に満ちていた。

いきなり擬似魔珠《ぎじまじゅ》の製造所が攻撃されたと思えば、そこを護っていた兵士ごと、土塊のように容易く破壊されてしまったのだから、それも当然だろう。

会議場では、慌てふためきながら怒鳴る王の怯えに満ちた惨めな顔と、帝国から嫁《とつ》いできた女と技術者の冷静な顔が並ぶ。彼らの表情には、魔族に対して抱く感情の差が如実《にょじつ》に現れていた。

魔族世界に面した国として、その脅威を生まれた頃から知っているトルエン国の者。

離れたところから高みの見物をしてきた帝国の者。

そのどちらの表情も滑稽《こっけい》で、これからのことを思うと哀れで失笑を禁じ得ない。だが、アークの番《つがい》を傷つけたことを思うと、今すぐにでも跡形なく消し飛ばしてやりたいとも思う。

アークが強い理性を持つ魔王であることを、彼らは幸運に思うべきだろう。

「——邪魔するぞ」

アークが彼らの前に姿を現すと、トルエン国の王は恐怖に満ちた表情で腰を抜かした。

「ヒィッ！」

「ッ、何者だ！　ここは王城だぞ！」

悲鳴を上げてなんとか後退りして逃げようとする王を庇うように男が出てきた。

ロウエンが男について簡潔に説明をする。

「……宰相《さいしょう》です。帝国から来た女の嫁《とつ》ぎ先です」

「そうか。――俺は魔族の王アーク。トルエン国からの宣戦布告を受け、この国を滅ぼしに来た」

「なっ、魔王だと!? 我々は、宣戦布告なんぞ、しておらん！」

驚愕の表情で叫ぶ宰相《さいしょう》に首を傾げ、アークは怒りを必死に堪えた結果、無になった表情で言葉を続けた。

「雪豹の里を破壊しただろう？ 休戦条約の破棄は宣戦布告と同等。奪われた命の価値には及ばぬが、そなたらの命で贖《あがな》ってもらおう」

手に魔力を集める。

この場の人間はおろか、王都さえも破壊させてしまうほどの、圧倒的な魔力の量。

アーク自身が魔力の塊のようなものなので、魔力濃度が低い人間世界でも、この程度の魔法は使えた。


――今すぐこの魔力ですべての人間たちを滅ぼしてやりたい。


それが魔王として相応しくない考えであろうと、たまには感情任せに動いてもいいのではないかと、頭の隅で考えてしまう。

さすがに帝国の者も不味い相手に手を出したのだと悟ったのか、顔を青くして震えていた。王たちはそれ以上に恐慌をきたしたようだが。

「や、やめてくれ！　余が望んだことではない！　テイク帝国だ！　そいつらが、やったのだ！」

「陛下ッ！」

「何を言うのです⁉」

トルエン国の王が命乞いするように、テイク帝国を身代わりに差し出した。

ぎょっとする女や技術者から、誰もが目を逸らす。

仲間としてこの場にいるはずなのに、呆気《あっけ》なく裏切る。人間らしさが如実《にょじつ》に表れていた。

「テイク帝国、な――」

アークもロウエンも、それは既に承知している。トルエン国に潜入させていた者によって調べ尽くしているのだから。


――そう、帝国の中でも誰がこの件を推進《すいしん》していたのかも理解しているのだ。


「女。お前は帝国のマジョルカ公爵家の血筋だな」

「っ……私は、この国の宰相《さいしょう》家に嫁《とつ》いだ身です！」

「だが、未だ母国と綿密《めんみつ》に連絡をとっていよう？　帝国が事の背後にいることは分かっている。素知らぬ振りが通用するわけがあるまい」

「帝国との、戦争を望むつもりかっ！」

恐怖と驚愕に震える女を見据える。

アークは戦争なんて望んでいない。だが、今ここで人間の傲慢《ごうまん》さと愚かさを見過ごすと、戦争が起きる可能性が高まると悟っている。だから、徹底的に罰を下すのだ。

その決断に、番《つがい》が受けた苦しみへの報復《ほうふく》をしたいという私情が強く影響しているのは否定しないが。

「――どうも帝国は平和呆けしているようだ。魔族と対するとはどういうことなのか、とくと味わえ。……特に、俺の番《つがい》を苦しめた罪は、ただ死ぬだけでは贖《あがな》えん。誰よりも苦しんで、絶望と共に、その命を散らすがいい！」

アークが抑えきれなかった怒りを込めて手を振ると、女やその周囲の技術者の姿が消えた。

魔法で帝国まで飛ばしたのだ。技術者の命は既にないだろうし、女も辛うじて話せる程度だろう。

自ら死を望みたくなるほどの苦しみの中で生きる。それが女に与えた罰である。番《つがい》を苦しめた者を、楽に死なせてなるものか。

そして、苦しみ抜いたその先で、女は無惨《むざん》な死に様を晒《さら》し、人間たちに魔族と戦うことへの恐怖を刻み込ませるだろう。

それは帝国の者たちへの罰のひとつだ。いつ己にも罰が下されるか、怯えながら生きるがいい。

「な、にを……」

この場に残った震えることしかできない人間たちを見据える。次は自分たちかと、恐れ、怒り、絶望している者たち。

雪豹族もこうだったのだろうかと思って、いや、と首を振る。

彼らは最期まで勇敢《ゆうかん》に戦った。卑怯《ひきょう》な手を使わなければ、歯向かうことすらできないこの弱き者たちとは違う。

悲しみに暮れる番《つがい》の姿が脳裏に浮かび、手が震えた。怒りが爆発しそうだ。

ロウエンが意外そうに目を見張っているのが視界の隅に見えた。

これまでのアークではありえないほどに憤っている自覚がある。

そして、今それを鎮めるつもりはない。


――番《つがい》を苦しめた者たちに罰を下す。


魔王としてではなく、番《つがい》を愛する一人の男として、アークは生まれて初めて、理性を捨てて感情のままに魔法を行使《こうし》した。

「お前たちも、死をもって贖《あがな》え。死したとしても、決して許しはしないがな」

身の内から集めた魔力を容赦なく放つ。

途端に、光が溢れた。

人間たちの姿はおろか、虚栄《きょえい》で満たされた城の姿も圧倒的な白い光でかき消える。

——死しても苦しむ地獄の中で、魂が擦り切れるまで犯した罪を悔いるといい。どれほど反省しようと、番《つがい》を傷つけた者たちに救いが訪れることはないが。

魔族の王たるアークがそう決めたのだから、世界はその通りに動くのだ。

番《つがい》を苦しめた者たちの不幸を喜び、アークは嗤《わら》った。

◆

その日、トルエン国の王城と王都の一部の壊滅《かいめつ》が伝えられた。王城にいた多くの王侯貴族が亡くなり、生き残ったのは王と宰相《さいしょう》だけ。

その二人も半死半生状態で、魔族の怒りを買った原因として、その後民衆により処刑された。

トルエン国は一度滅亡し、しばらく後に新たな王が立つことになった。

新たな王は魔族との平和的な共存を提唱《ていしょう》し、その治世下では、何故か魔力の影響が薄れたことにより、耕作地の土壌《どじょう》が改善した。

豊かな農作物が得られるようになった国は、魔族との交易で栄えることになる。

テイク帝国も、突如現れた死体と半死半生状態の貴族令嬢の証言により、魔族の王の恐ろしさを知った。そして、人間世界はしばらく息を潜めて魔族世界を様子見することが決まったのだった。

◆

まだかまだかとアークの帰りを待つスノウのもとに、報せが届いたのは夜も更けた頃だ。

「陛下がお帰りになったそうですよ。もうすぐこちらにいらっしゃいますからね」

(帰ってきたんだ！　アーク、怪我《けが》してないかな？)

ルイスの言葉に目を見開き、尻尾の先でクッションを打ちながら、スノウは落ち着かない心地で足踏みした。

狩りに出た様子のアークに怪我《けが》がないか気になるし、どんな成果を得られたのかも見てみたい。母や血族は大きな猪《いのしし》の魔物を狩ると、みんなで宴会《えんかい》をしていた。その時ばかりは、常は静かな里も賑やかな明るさで満ちるのだ。

スノウは静かな里も穏やかで好きだったが、大好きな人たちが楽しそうにしているのを見るのも心が躍るようで好んでいた。

(今日は宴会《えんかい》をしないのかな？　もしかして、お城じゃ狩りの成果を披露しない？)

アークが帰ってきたというのに、さほど賑やかにならない城の気配に、スノウは首を傾げた。

狩りの成果がなかったのかと頭の隅で考えて、ブンブンと頭を振る。

そんな考えはアークに失礼だと思った。

スノウの考える戦いとアークが考える戦いが、まったく違うものだなんて、スノウは思いもよらない。

「――夜も更けたというのに、元気だな」

（アーク！）

ガチャリと扉を開けたアークに、スノウが勢いよく飛びつく。

そろそろ人型なら十歳を越えるほどに成長していたスノウは、ルイスでは抱えるのが難しいほど重い。だが、アークは揺らぎもせず受け止め、スノウを腕に抱き上げた。

頭を撫で、キスを落としてくる感触に、スノウはくすぐったさを覚えて首を縮める。近づいてくるアークの頬《ほお》に手を当てて止めたら、アークの顔が笑みで蕩《とろ》けた。

「俺の愛しい運命。帰りを待っていてくれたのか」

（待っていたよ。だって、アークがいないと、僕は眠れないもの。それに、すっごく心配してたんだよ）

ソファに腰掛けたアークにスンスンと鼻を鳴らす。

慣れた花の香りがした。風呂に入ったのか、石鹸《せっけん》の爽やかな香りも混ざる。血の臭いはしなかった。

怪我《けが》がないならばそれでいい。ホッと安堵《あんど》しながら、スノウはアークの胸元を叩く。

(何を狩ったの？　僕も食べられる？)

日に日に大きくなるスノウは、そろそろ肉を主食にしてもいい頃合いだった。

前に、アークが狩った肉を食べさせてもらうという約束をしたのだから、今回は狩りの成果を口にできるかもしれないと、期待の眼差しで見上げる。

「土産が欲しいのか？　……そうだな。とっておきの物があるが、先ほど修繕《しゅうぜん》を頼んだばかりだから――」

アークが目を細める。スノウの脇に手を入れて向かい合うように抱き上げたかと思うと、鼻先にキスを落とした。

その軽く柔らかな感触に愛情を感じて、スノウは口元を緩ませて笑みを浮かべる。

(キスがお土産代わり？　でも、これは挨拶でしょう？)

首を傾げるスノウを、アークが愛しげに見つめた。

「――俺の愛しい運命。幼き番《つがい》。お前の名を呼んでもいいだろうか？」

思考が停止した。アークが今、何を言ったのか理解できなかった。

スノウの名前。

里の者が亡くなり、スノウが口を閉ざした今、もう誰も呼ぶことがなくなったもの。

それをアークは呼べると言うのか。一体どうやって？

呆然とするスノウを、アークが不思議そうに見つめ返す。

アークは何度か躊躇ったように口を開閉させるも、スノウの返事を待たずに、遂にその名を呟いた。

「……スノウ」

（あ……）

愛が溢れるような密やかな囁き。

低く柔らかな声に、違う声が重なって聞こえた気がした。

「スノウ。俺の愛しい運命の番《つがい》」

『スノウ。私の愛しい子』

母の声だ。スノウの目から、ぶわりと涙が溢れる。

アークが驚き慌てているのが分かっていたけど、スノウは泣くのをやめられなかった。

『――スノウ。約束をちゃんと守ったお利口さん。ほら、もう出てきていいの。隠れなくていいの。たくさんおしゃべりしてほしいわ』

脳裏に響く優しい母の声。スノウがあの日言ってほしかった言葉。

なぜこの声が聞こえるかは分からない。スノウの想像の中の、望みを写した言葉でしかないのかもしれない。

それでも、スノウの心がふわっと軽くなった。母との約束をようやく果たせたと思った。

――スノウは今ようやく、あの穴蔵から外に出ることができたのだ。

母の微笑みが目の前にあるような気がした。

「……ぁ……ぁあ、母様っ、僕、ちゃんと約束守ったよっ。呼んで、もらえるまで、声を出さずにいたのっ。でも、もう、おしゃべりして、いいんだね、っ？　アークたちと、たくさん、おしゃべりしても、いいっ？」

「っ！　……スノウ、そうか、母と約束していたのか。よく約束を守ったな。よく隠れていたな。スノウが無事で、俺は本当に嬉しかったんだ。みんなを守ってやれなくて、申し訳なかった」

泣きながら、つっかえつつしゃべるスノウを胸に抱き、アークがその背を優しく撫でた。その目からも涙が零れ落ちていた。

「――たくさん話そう。スノウの話を聞かせてくれ。スノウの家族や仲間たちの話を聞きたい。そして、俺や俺の仲間たちとたくさん話してくれ。聞くだけじゃなくて、スノウがどう感じるか教えてほしい」

「っ、うんっ、僕、たくさん、お話するっ！　アークとみんなに、たくさん、話すの。だから、どうか、アークも、みんなのこと、覚えていてっ。みんなのこと、忘れ、ないでっ！」

「っ、ああ、絶対忘れない。スノウと一緒に、みんなのことを覚えていよう。約束だ」

スノウの記憶の中には、まるで生きているように仲間の姿が残っている。

それでも、もう母以外の声を忘れてしまった。

この先、どんどん記憶は薄れていくのだろう。それが怖かった。みんなが本当に死んでしまう気がして恐ろしかった。

でも、アークが一緒に覚えていてくれると約束してくれた。

それだけで、嬉しくて仕方なくて、安堵《あんど》した。

スノウの血族はみんないなくなってしまったけど、スノウとアークたちの記憶の中で、ずっと生き続けてくれるのだ。

◇

スノウが名前を呼ばれるようになって数日。

みんなが呼んでくれる度に嬉しさが込み上げて、足取りがウキウキと跳ねてしまう。

中でも、アークに呼ばれると胸がドキドキして、叫び出したくなるくらい落ち着かない。それが喜びや幸せからであることは、言わなくたってアークに伝わっているだろう。

今日は、お昼に執務を切り上げたアークが、お茶会に誘ってくれた。

お茶会といっても、スノウに出されたのは小さな卵蒸しパンと蜂蜜《はちみつ》を入れたホットミルクだったけど。夕飯が入らなくなったらダメだからこれだけだとルイスが言っていた。

スノウは赤ちゃんではない、と言葉にするようになっても、ルイスに正確に伝わっている気がしない。

「むー、僕、もう少し食べられるもん……」

「はは。でも、夕飯はスノウが好きなシチューだと言っていたぞ？」

「シチュー！　あれ、母様みたいな優しい味がして好き！」

「そうか。たくさん食べるといい。早く大きくなれるように」

微笑んだアークが「この前のお出掛けの土産だ」と言って、包みを取り出した。

スノウは首を傾げながら、ソファに置かれたその包みを解く。ルイスが手伝ってくれた。

この前のお出掛けというのが、雪豹族のような狩りではないと教えられたのは、スノウがわんわん泣いて眠った翌日のことだった。

「お肉は狩れたの？」と尋ねたスノウに、アークは涙が出るくらい笑っていた。

ルイスもロウエンもその様子を見て驚いていたが、スノウが同じ質問をしたら笑っていた。

お出掛けは魔王としての仕事であって、狩りの成果の肉はないらしい。

でも、アークが今度、柔らかくて食べやすい肉を狩ってきてくれると約束してくれたので、スノウは楽しみにしている。

解いた包みから現れたのは、白く柔らかな布だった。縁には金の刺繍《ししゅう》が施されている。端に縫《ぬ》い付けられているのは青の宝石。

見覚えのあるそれは、スノウがもっと小さい頃のおくるみだ。

スノウは目に涙を浮かべながら口を開く。母との記憶をたくさん覚えておくために、約束通りアークに語って聞かせるのだ。

「――この宝石はね、母様の瞳の色なんだよ」

「そうか。綺麗な瞳だったのだろうな」

「うん。これを見てね、僕はキラキラが好きになったの！」

「スノウは宝石が好きか。では、次はたくさんの宝石を入れられる宝石箱を贈ろう」

「アークからはもうたくさん贈り物をもらってるよ。僕、何も返せてない……」

アークの愛情が嬉しくて、でも申し訳なくも思えて、おずおずと顔を見上げる。

スノウは魔王城に連れてこられてから、たくさんの物や愛情をもらった。

暖かい部屋に美味しいご飯。温かい仲間たちからの慈しみ。守護の腕輪や優しい眠り。スノウがどうやって返せばいいか分からないくらいたくさんのものだ。

しょんぼりと耳を垂れるスノウに、アークが不思議そうに首を傾げる。

「俺はスノウが喜んでくれるだけで幸せだ。返そうなんて考えなくていいんだ」

「でも……」

「俺の愛しい運命。スノウの笑顔が何よりのお返しだよ」

譲るつもりのなさそうなアークに、スノウは仕方なく微笑んだ。心の中ではいずれ何か返そうと決めていたけど、今はただアークが望む笑顔を返す。

「……うん。アーク、ありがとう。大好き！」

ぱあっと花が咲くような笑みが返ってきて、スノウの心もふんわりと温かくなる。

「――俺も、愛してる」

アークの愛しげな眼差しと蕩《とろ》けるような囁きに、身体が熱くなるような心地がした。

四　大人に近づく

スノウが雪豹の里を離れてから半年が経った。

アークたちの優しさに満たされ、同族を失った悲しみは少しずつ癒えつつある。

スノウの身体もゆっくりと成長し、今ではアークと出会った時の倍以上の体長になっていた。まだ、成獣《せいじゅう》とは言えないけど。

そんな魔王城での暮らしに馴染んできたスノウの一日は、いつもアークとの挨拶で始まる。

「——おはよう、スノウ」

「うん……おはよう、アーク……」

寝ぼけ眼な状態で額にキスを受けて、くすぐったくなりながらアークの頬《ほお》にキスを返す。

母ともしていた挨拶だから、アークとするのも気にならない。もし、ルイスやロウエンにもするのか、と聞かれたら困ってしまうけど。アークはたぶん特別なのだ。

「アーク、今日もお花の良い匂い……」

「そうか。スノウも甘い蜜《みつ》みたいな匂いがして……食べたくなる」

「僕、美味しそう？」

「……ああ、とっても」

アークが蕩《とろ》けるような笑みを浮かべた。

スノウの心がざわめく。走り出したくなるような気持ちがなんなのか分からなくて、いつも密かに困ってしまう。

でも、「その笑みをやめて」とは口が裂けても言えなかった。

アークが幸せそうにしていると、スノウも嬉しくなるから。

「食べられたら、僕はずっとアークと一緒にいられるね」

アークのお腹をぽんぽんと叩いたら、複雑そうな表情をされてしまった。

スノウだって、本気で食べられたいわけではなく、アークが仕事の間、離れなければならないことに少し不満があっただけだ。

「……俺はスノウの幸せな姿を見ていたいから、そういう意味では食べたくないな」

「そういう意味？　違う意味があるの？」

「んん……スノウにはまだ早い」

呻《うめ》いたアークの言葉に、スノウはきょとんと瞬いた。

ルイスはよく意味の分からないことを言うけど、最近はアークも不思議なことを言う。

スノウはもう赤ちゃんではないので、きちんと教えてもらいたい。一度教えられたら、スノウはきちんと覚えていられるから。

「いつ教えてもらえるの？」

「……そうだな。まずはスノウが人型をとれるようになってから考えよう」

「むぅ……人型……」

もっともなことを言われて拗《す》ねる。スノウが強気で教えを願えない理由がそれだった。

獣人《じゅうじん》は獣の姿で生まれ、成長して人の姿をとるようになる。耳や尻尾などの獣としての部位は残るものの、アークたちとほとんど変わらない姿になるのだ。

本来生まれて一年もすれば人の姿をとれるようになるはずだけど、スノウはその期間を過ぎても未だ変化に成功していなかった。

同族がいないというのが影響しているのだろう、とアークやルイスは話していた。

「……がんばる」

「ほどほどにな。身体は大きくなってきているんだ。きっともうすぐだ」

「たくさん食べているからね。でも、僕はもっと大きくなるんだよ！」

スノウがベッドで寝転がれば、アークの半分ほどの背丈になった。アークも抱きしめやすいと微笑んで成長を喜んでくれている。

でも、スノウはまだまだ伸びるのだ。母を越したい。

「……ああ、楽しみだ」

「待っててね」

言葉通りに楽しそうに目を細めるアークを見て、スノウも嬉しくなる。

アークの期待に応えるためにも、今日は人型になる練習をいつも以上にがんばろうと決めた。

◇

起床したら朝食の時間だ。

アークはいつもスノウと一緒に食事を摂りたがる。スノウに食べさせるのが好きなのだ。

「――ほら、この蒸し鳥は、俺が狩ってきた肉を使ってるんだ」

「昨日も狩りに行ったの？」

「ああ。スノウの口に入るものは、できる限り俺が揃えてやりたい。執務もあるから、すべてというわけにはいかないのが残念だが」

スプーンにのせられた肉を差し出されたのでぱくりと食べる。蒸してもジューシーで柔らかい肉質は、肉を食べ始めたばかりのスノウに最適だった。

ルイスがそんな二人の様子をにこにこと眺めている。

少し正気を疑うような目をしている気もするけど。

「その鳥、めちゃくちゃ強くって、なかなか獲れないんですよね……超高級食材……」

「そうなんだ！　アークは狩りが上手いんだね。凄い！」

「これくらい、スノウのためなら大したことではないが、そんなに喜んでもらえたなら嬉しい」

微笑むアークには、後で感謝の印のキスを贈らないといけない。

狩りが上手い雄《おす》はモテモテのはずだ。

貴重な獲物《えもの》をスノウに捧げてくれるのは、アークの愛情の証。

スノウはまだ自力で獲物《えもの》を狩ってお返しができないので、いつもキスをお礼の代わりにしていた。

それでアークが喜ぶから、この行動は間違っていないだろう。

「僕もいつか凄い獲物《えもの》を狩れるようになりたい」

「……ああ、まあ、一緒に行くか？」

「うん、行く！　でも、一人でも狩れるようになりたいんだよ」

「危ないことはしてほしくないんだが……」

アークがなぜか渋い顔をする。一人での狩りは獣人《じゅうじん》の成長の証なのに。あまり賛成されていない雰囲気にスノウは少し拗《す》ねた。

「……給餌《きゅうじ》行動が求愛を意味しているなんて、スノウ様はまだご存知じゃないんですよねぇ」

「ルイス、余計なことは言うな」

「はい、申し訳ありません」

「きゅうじ……きゅうあい……？」

また新しい単語が出てきた。

首を傾げるスノウの口にスプーンが当たる。美味しそうな肉の香りに、無意識の内にかぱりと口を開けた。

舌にのせられた肉はやはり美味しい。里ではみんなもこんなに美味しいものを食べていたのか。でも、珍しい肉だと言っていたから、みんなが食べていたものとは違うのかもしれない。

「――まだ、早いんだ。大人になるまでは……。もし知った上で誘ってくるようになったら、俺は我慢できる自信がない……」

「陛下の我慢はまだまだ続きそうですね」

「辛いこともあるが、それ以上に楽しい時間だ」

「お幸せそうで何よりです。でも私は時々コーヒーを飲みたくなります……。いつまでこれ続きます？　一生ですか？」

肉を食べて幸せそうに目を細めるスノウを、アークが愛おしげに見守っていた。

でも、そんなスノウたちを眺めるルイスは、なぜだかげっそりとした表情だ。

ルイスも肉を食べて元気を出すべきではないかな、とスノウは首を傾げた。

◇

朝食後、執務に向かうアークを見送ったら、人型になる練習をするのが最近の日課だ。

（人型になるのって難しい）

スノウはぎゅうと顔を顰《しか》めた。

ルイスがクスクス笑って、指で皺を伸ばそうとしてくる。スノウはそれを、ペシペシと叩いて撃退した。集中の邪魔だったから。八つ当たりと言われたら否定できないけど。

「あらあら、そんなに顔をくしゃくしゃにしたって、できないものはできないのよ。少し休憩しましょうか」

豹族の獣人《じゅうじん》ジャギーが微笑みながら手招きする。

テーブルにはジャギーが用意してくれた軽食が並んでいた。ジャギーを教師に人型の練習をし始めてもう二時間。そろそろお腹が空いてくる頃合いではあった。

スノウの食欲は日毎に増し、一食で食べる量も増えてきているけど、成長速度は更に上回る。スノウは三度の食事の他に三度の間食を摂っていた。

「うぅ……身体は大きくなってるのに、なんで人型になれないのかなぁ」

パンに野菜やゆで卵を挟んだサンドイッチを食べながら、スノウは呻《うめ》くように呟いた。

食事の介助をしていたルイスも、不思議そうに首を傾げる。

「もう少しでできそうな感覚はあるんですよね？」

「うん……でも、母様と練習していた時から進歩してる気がしない」

しょんぼりと耳を垂らし項垂れるスノウを、ジャギーが困ったように見つめた。

「私は子育てをしたことないし、私自身はさほど人型になるのに苦労しなかったのよねぇ」

「羨ましぃ……」

「ルイスはどうなの？　あなたのも一応変化よね？」

「あ、そうだ。ルイスも元はプルプルな体だった」

ルイスがスライムであることを思い出して見つめる。

スライムという種族がどういう存在かよく分からないけど、人の姿をとっているのは特殊なのだと、前に聞いた覚えがあった。

「私は元々不形態種ですからねぇ。そもそもスライムの種族特性に、擬態《ぎたい》というものがありまして、人の姿になるのはそれを応用してるんですよ」

そう言いながら、ルイスがテーブルの上のフルーツ籠に手を伸ばす。

そして、一番上にあった林檎《りんご》を持ちながら、ドロリと溶けた。

「みぎゃっ!?」

「あらあら……」

スノウは思わず叫んで、毛を逆立てて固まった。いったい何が起きたのか、理解するのに時間が掛かったのだ。

でも、そんなスノウとは違い、ジャギーはティーカップを優雅《ゆうが》に傾けて泰然《たいぜん》とした様子だった。

大人になれば、このくらいのことでは驚かないのだろうか。

ドロリと溶けたルイスは、次第に丸まって赤くなる。テーブルの上に、大小の林檎《りんご》が並んだ。

「……ルイス、林檎《りんご》になっちゃった」

近寄ってつついてみると、本物の林檎《りんご》としか思えない感触が伝わってくる。なんとなく肉球で押して転がそうとしたら、手の先が林檎《りんご》にかぷりと飲み込まれた。

「っ、みゃみゃっ！　食べた！　林檎《りんご》が僕の手を食べた！」

「林檎《りんご》じゃなくてルイスですよぉ」

林檎《りんご》の中央辺りが裂けて開閉する。確かにルイスの声が聞こえた。林檎《りんご》になっていてもしゃべれるらしい。でも、見た目がだいぶ不気味だ。夢に出てきて魘《うな》されてしまいそう。

食べられた手でぐいぐいと裂け目を押し広げ、そっと中を覗き込んでみても、そこにはゼリー体があるだけで、果肉も果汁もない。表面が林檎《りんご》そっくりになっているだけのようだ。

「……そっか。スライムが林檎《りんご》に化けても、林檎《りんご》として食べられないんだね」

「えっ、食べようとしないでくださいよ！」

驚いたルイスが一気に人型を取り戻した。

「スノウ様恐ろしい……」なんて呟きながら、ナイフで本物の林檎《りんご》の皮を剥き始める。

「はい、林檎《りんご》を食べたいなら、私じゃなくてちゃんとした林檎《りんご》を食べましょうね」

「食べたかったわけじゃないんだけど……あーん」

一口サイズの林檎《りんご》はジューシーで美味しかった。なかなか人型になれなくて疲れていた気分が、少しだけ癒やされた気がする。

「それにしても、スノウ様はどうして人化できないんでしょうねぇ」

「むぅ……僕、がんばってるもん……」

スノウは拗《す》ねて呟く。

ルイスはそれを微笑ましげに見つめ、果汁で汚れたスノウの口元を拭った。

「――やっぱり、上手くイメージができてないからじゃない？」

「イメージ？」

顎に指を当てながらジャギーが呟く。

「そう。スノウ君は今身近に雪豹族がいないから、どうすれば人型になれるのか、教えてくれるお手本がないでしょう。豹族と近いと言っても、雪豹族って特殊だと聞くもの」

「雪豹族は獣人《じゅうじん》にしては珍しく魔力を使って戦うらしいですし、人型になるのも特殊な方法が必要なのかもしれませんね」

「ええ。スノウ君はお母様と練習した時は少しずつ上達していたと言っていたんだし、魔力を使って人型になる方法があるのかも。私ではそれを教えるのは難しいわねぇ」

魔力を使って人型に。

その指摘はスノウも少し納得できるところがあった。母と練習した時は、魔力の扱いの練習も並行して行っていたから。

でも、そうだったとしたら、どうすればいいのだろう。スノウには、もう教えを授けてくれるような同族はいないのに。

そう考えるとなんだか悲しくなってきた。同族がいない心細さも、このままでは人型になれないかもしれないという不安も、小さな胸では抱えきれなくて、すぐに溢れてしまいそうになる。

（でも……がんばるって決めたんだ。泣かないもん。僕は赤ちゃんじゃないから。アークに成長を褒めてもらうんだ）

ぎゅう、と口を引き結んで涙を堪えるスノウの心は、それを見守っていたジャギーとルイスにもしっかりと伝わっていて、二人は密かに視線を交わして困っているようだ。

二人ともなんとかしてやりたいと思っていても、その手段が分からないのだから。

――トントントン。

不意に扉が叩かれる音がして、ルイスが向かう。

スノウはその動きを目で追いながら、気分が浮上してくるのを感じた。嗅覚では捉えていないのに、慣れた甘く穏やかな香りが胸を満たした気がしたのだ。

「スノウ、調子はどうだ？」

「アーク！　お帰りなさい！　今日は早いね？　一緒にお茶する？」

数時間前に別れたばかりの姿にスノウが飛びつくと、アークは慣れた様子で抱き上げてくれた。近くなった頬《ほお》に口づけ、ペロッと舐める。お返しの鼻先へのキスがくすぐったくて、なんだかむずむずした。心がふわふわと浮き上がるような心地がする。

「まだ仕事が終わったわけではないんだ」

「そうなんだ……」

アークがテーブルへと歩きながら、残念そうに呟く。スノウもしゅんと耳を垂れた。その感情表現豊かなスノウの耳を、アークがはむっと甘噛みする。

「みゃっ⁉」

「……ふっ、悪い。つい……美味しそうだったから」

美味しそう。アークはよくスノウにそう言うけど、雪豹の耳は毛もあるし、絶対美味しくないと思う。それとも、スノウからするという蜜《みつ》の香りがあれば、耳でも美味しく食べられてしまうのだろうか。

もぐもぐされると、よく分からない感じでゾワゾワするから、やめてほしい。

でも、イヤだと言って拒否することもできない。スノウはアークを傷つけたくないのだ。

「僕の耳を食べてもお腹にたまらないよ……？　お腹が空いてるならフルーツ食べる？」

「スノウが食べさせてくれるなら」

「分かった！」

上目遣いでおずおずと提案すると、アークが楽しそうに頷いた。

「優しく食べさせてあげる！」と張り切るスノウとそれを愛おしげに見つめるアークに、ルイスがなんとも言えない眼差しを向ける。

「砂糖吐く……。陛下、グレープフルーツでいいですか？」

「スノウが舐めたら良くないから、そっちの桃にしろ」

「食べさせにくいですよ、それ」

「……手が果汁まみれに……ダメだな。余計に食べたくなる。そこの苺でいい」

呆れた表情のルイスが、苺を小皿にいれてスノウの傍に置く。ヘタが除いてあって、スノウの手でもなんとか掴めそうだ。

両手で苺を挟んで差し出すと、蕩《とろ》けるような眼差しでアークが口を開けた。

「はい、あーん」

「ん……スノウがくれたからうまい」

「ふふっ、僕も食べちゃおう」

アークが美味しそうに食べているのを見て、スノウも食べたくなった。

それを伝えるとすぐに、アークが苺をつまんで食べさせてくれる。お互いに食べさせ合うのが楽しい。獣型の手では食べさせにくいから、やっぱり早く人型になりたいと強く思った。

「陛下。執務はよろしいのですか？」

「ああ、もうそろそろ戻らなければならないが。スノウ――」

呼び掛けられてアークを見上げる。鼻先に軽くキスされて、スノウは目をぱちりと瞬かせた。

「人型になる練習はどうだ？」

「……まだ、できないの」

項垂れて、アークの胸に顔を擦《こす》り付ける。すると、優しく首元を撫でられた。

アークの手はいつだって心地よくて、スノウを癒やしてくれる。

「ジャギー、理由は分かるか？」

「同族の導きがないからだと思います。雪豹族は獣人《じゅうじん》の中でも魔力を多用する特殊な一族ですので」

「そうか――」

頷いたアークが、ぽつりと「そういうことか」と呟く。その言葉の意味が分からず、スノウは再びアークの顔を見上げた。

スノウをじっと愛情深く見守る眼差しの中に、何かを憂慮《ゆうりょ》するような色が滲《にじ》んでいた。

「……先ほど、白狼の里から連絡があったんだ」

「はくろう？」

「白い狼の獣人《じゅうじん》だよ」

「白狼。狼さん」

どこかで聞いた覚えがあって、呟きながら首を傾げる。

確か、母との会話の中で出てきたような——

「スノウの父親の父親。それが白狼族らしいが」

「あっ！　そうだ、母様が言ってた！　もう一方のおじい様は大きな狼さんなのよって！」

目を輝かせる。

スノウは会ったことがなかったから今まで忘れていた。でも、確かにそう聞いた覚えがある。種族が違うから、親戚と言ってもいいのか分からないけど。

獣人《じゅうじん》は種族での関係が強すぎて、他種族は血の繋がりがあっても血縁と認めない者が多いらしい。

「知っていたか。では、白狼の里に住むスノウの祖母が雪豹族なことは？」

「雪豹族！　知らなかったけど、それじゃあ、もしかして、また同族に会えるの!?」

目を見開いてアークを凝視《ぎょうし》した。心臓がドクドクと激しく脈打つ。期待が胸に押し寄せた。

スノウはひとりぼっちの雪豹になってしまったと思い込んでいて、他の里に住んでいる雪豹がいるだなんて考えもしなかった。

しかも、アークの言葉が本当なら、その雪豹はスノウと血縁関係にある人だ。

会いたいに決まっている。

「ああ。白狼の里から届いたのはその連絡だったんだ。向こうも雪豹の里の唯一の生き残りに会いたいと言っていてな。まだ幼いならば、魔力を扱うことも人型になることもできないのではないかと心配しているようだ」

「僕のこと、心配してくれていたんだ……！　アーク、僕、おばあ様に会いたい！」

期待で高鳴る鼓動《こどう》を抑えるために、スノウが胸元をぎゅっと握ってねだると、アークは目を細めて頷いた。くすぐるように首元を撫でられて、喉がくるくると鳴る。

「もうこちらに向かっているそうだ。……番《つがい》が離さないだろうから、俺たちと共に住むことはできないが。しばらくはスノウの傍にいてくれるだろう」

「……おばあ様とは一緒に暮らせないの？」

会えるのは嬉しい。

でも、唯一の血族なのに、会っても別れることになるのか。それは寂しい。

「スノウの祖父である白狼は、里から離れて住むことをしない獣人《じゅうじん》だからな」

「そうなんだ……」

獣人《じゅうじん》としての性質と言われてしまえば、スノウ自身もある程度理解できるため頷くしかない。

でも、それだけでなくて、アークが何か隠しているように思えて、少しだけ不安になった。

◇

雪豹の祖母が会いに来ると知らされてから、しばらく経った。

スノウは朝から落ち着きなく動き回っている。

座ってそれを眺めるアークが、さすがに苦笑しているのは分かっていたけど、どうにも止まっていられない。

今日、スノウの祖母がこの城に到着するらしいのだ。スノウの祖父である白狼と一緒に。

「ルイス、毛並みはちゃんと整ってる？」

「大丈夫ですよ。さっき梳かしたばかりですからね」

「そうだね。でも、おばあ様にきちんとした子って思われたいから」

身だしなみは大切だ。初対面ならなおさら。

スノウは姿見の前でくるりと回って確認した。

ルイスが丁寧に梳かしてくれた毛は、毛玉ももつれもなくて艶々している。尻尾はふわふわ。思わず咥えそうになって、ハッと慌てて停止した。

「だめだめ。ボサボサになっちゃう」

「スノウ。そんなに気をつけなくても、スノウはいつだって可愛いぞ」

「めっ。甘やかしたらだめなんだよ。アークは僕が何をしてたって可愛いって言うけど、みんながそう思うとは限らないんだからね！　初対面の印象は、その後の関係に大きく影響するんだって、母様が言っていたから、ちゃんとしないと」

アークを見据えて主張する。

この城にいる人たちはみんなスノウを甘やかしてくるので、自分を律しなければ、とずっと思っていた。

スノウはかっこ良くて優しい大人になるのが目標なのだ。周りの愛情に胡座《あぐら》をかいて、わがままになるようなことがあってはいけない。

「……スノウが可愛いのは世界共通の認識ではないか？」

アークが不思議そうにルイスに問い掛けた。それに対して、ルイスが至極真面目な表情で頷く。

「スノウ様は可愛い。それがこの世の真理です」

「それが甘やかしなんだよー！」

スノウは甘やかしてくる筆頭の二人を半眼になって見つめる。

そんな表情さえ、二人とも「可愛い可愛い」なんて言って愛でるのだから、スノウは拗《す》ねるしかなかった。やはりスノウ自身で自惚れないように気をつけないと。

姿見に映る自分の姿を確認して、うんうんと頷くスノウを、アークが蕩《とろ》けるような声で呼んだ。

「スノウ、おしゃれをしたいなら、これはどうだ」

「なぁに？」

近づいてきたアークが姿見に映る。

その手には白銀のリボンがあった。艶々した表面には金の刺繍《ししゅう》が光っている。リボンの端には夕陽色の宝石。アークの目のような色のそれは、スノウの腕輪にあるのと同じ宝石だ。

「綺麗……」

心奪われた様子のスノウを、アークが愛おしげに見下ろす。

そして、スノウの首にリボンを掛けると、手際よく結んだ。

スノウの胸元でリボンが揺れる。白銀と金の色は上品で美しく、スノウを少し大人に見せてくれる気がした。

「……ああ、思った通り、スノウによく似合う」

アークがうっとりと目を細めてスノウを見つめる。

スノウは勢いよく振り返った。素敵なものをくれたアークに、感謝と嬉しさを伝えたい。

「アーク、ありがとう！　これ、すっごく気に入ったよ！　どうして僕が好きなもの、こんなによく分かるの？」

アークの首元に抱きついて、頬《ほお》にキスをしてペロッと舐める。そんなスノウの頭を優しく撫でたアークが、額にキスを落としながら囁いた。

「誰よりも、スノウを愛しているからだよ」

「ふふ、僕もアークのこと大好き」

伝えられる愛が嬉しくて、スノウはアークに擦り付いた。

後から、毛並みが乱れてしまったことに気づいて、慌ててしまったけど。

◇

魔王城の応接室。

スノウが初めて入った部屋は、臙脂《えんじ》の絨毯《じゅうたん》と重厚な家具で厳めしい雰囲気だった。

絹張りのソファに座り込みながら、スノウは傍らのアークを見上げる。アークが少し硬い表情をしているような気がした。

「アーク。おばあ様、もうすぐかな？」

「そうだな。もう城に入ったと報告があったから、もうすぐだろう。ロウエンが案内してくれているよ」

スノウを見下ろす目は、いつも通り穏やかだ。緊張が少し和らいだ気がする。

ルイスを見ると、スノウを勇気づけるように笑みを浮かべ頷いていた。

「――お客様がご到着いたしました」

「入れ」

部屋の外からロウエンの声が響く。胸がドキドキと痛いくらいに高鳴った。

ゆっくりと開かれる扉を凝視《ぎょうし》する。

「……魔王陛下、失礼いたします――」

入ってきたのは華奢《きゃしゃ》な人だった。アークより少し背が低いだろうか。獣人《じゅうじん》は成獣《せいじゅう》になってからあまり見た目が変わらないから、年齢はよく分からない。

でも、スノウの祖母ならば、六十代くらいだろうか。ロウエンくらいの年頃に見えるけど。

灰色の短い髪に青の瞳は、雪豹の里でよく見た色合いだ。頭には大きな白い三角耳があり、背後で揺れる尻尾は豹柄。

見れば見るほど懐かしくなる、スノウがよく知る雪豹らしい姿だった。

思わず込み上げてきた涙を、必死に堪える。

「雪豹族だ……」

「――ああ……可愛い、雪豹の子……」

スノウの姿を捉えた雪豹族の青い目が潤み、涙が頬《ほお》を伝い落ちていく。

その背後から逞しい腕が雪豹族の肩を抱いた。狼耳があるから、スノウの祖父である白狼族だろう。アークより大きく見える立派な体格で、雪豹族をすっぽりと包み込んでいる。

野性味のある顔立ちが、なんだか新鮮だ。繊細《せんさい》な顔立ちが多い雪豹族とも、冷厳《れいげん》な印象が強いアークとも違う、独特な雰囲気を纏《まと》っている。

「ラト。ロンドの子にきちんと挨拶しよう」

「……そうだな」

雪豹族が涙を拭い、スノウの向かいにあるソファの傍らに立つ。

そして、柔らかに目を細めながら口を開いた。

「魔王陛下。登城の許可をいただきありがとうございます。私は雪豹族のラト。隣は番《つがい》のナイト、白狼族です」

おばあ様はラト。おじい様はナイト。

名前を反芻《はんすう》して覚えながら、スノウは小さく首を傾げた。雪豹族が祖母だと聞いていたけど、どう見ても雄《おす》に見える。祖父のナイトも雄《おす》のようだし、どういうことだろう。

「ああ、遠いところをよく来てくれた」

「いえ……雪豹の里の生き残りに、私もどうしても会いたかったので――」

ラトの目が再びスノウを映した。

疑問はあるけど、雪豹族に会えた喜びにかき消される。

母や里の者と同じ耳と尻尾だ。懐かしくて、泣きたいほど慕わしくて、つい抱きつきたくなった。

でも、ラトに子どもっぽいと思われたくない。

「――初めまして。私はあなたの祖母のラトです。会えて……良かった……っ」

「っ、おばあ様！　僕はスノウです。僕も、会えて嬉しいよ……！」

頬《ほお》を流れ落ちる涙を舐めとってあげたい。我慢は長く続かず、とうとう堪えきれなくなって駆け寄った。膝をついて抱きしめてくるラトの頬《ほお》に顔を擦《こす》り付ける。

温かい。同族の懐かしい温もりだ。

母を思い出して、目頭が熱くなったけど、必死に涙を堪える。

ラトには初めて会った。でも、不思議と確かな縁を感じる。

ラトがスノウの祖母なのだと、頭よりも心で納得した。

◇

しばらく抱き合っていたが、不意にベリッと引き離される。

スノウの胴体にはアークの腕が回り、抱き上げられていた。ラトの腰にはナイトの腕。どうやら二人同時に引っ張られたらしい。

まだ名残惜しくて手を伸ばして揺らす。

でも、スノウを捕まえたアークの腕は微動だにしなくて、ラトに再び近づける気はしなかった。

「……あぁ、噂は本当で……」

「噂？」

噂とはなんだろう。

首を傾げるスノウと、無表情のアークを見比べたラトが、涙を拭いながら納得したように頷く。

「スノウは魔王陛下の運命の番《つがい》なんだろう？」

「運命の番《つがい》……」

それがどうして遠方にいたラトにまで届くほどの噂になるのか。スノウは更に首を傾げる。

アークはよくスノウを運命や番《つがい》と呼ぶ。それだけで、スノウは甘美《かんび》な心地になってうっとりしてしまうのだ。その意味を今まで深く考えたことがなかった。スノウにとっては、当然の呼び掛けな気がしていたから。

「まさか……知らない……？」

愕然とした表情のラトが、咎《とが》めるようにアークを見据えた。

つられてスノウがきょとんと見上げると、アークは気まずそうに視線を逸らす。

思いもしなかったラトとアークの雰囲気に、スノウは再び首を傾げて、胴体に巻き付く腕を叩いた。除け者にされているみたいで寂しいから、ちゃんと説明してほしい。

そんなスノウとアークの様子を見てため息をついたラトが、ロウエンに促されてソファに座る。その隣にナイトが腰掛けた。

ナイトはスノウとアークを興味深そうに眺めながら黙っている。座っている時もラトの腰に腕を回していて、ナイトとラトは仲睦まじい雰囲気に見えた。

雄《おす》同士であっても、夫婦ということに違和感がない。

「――運命の番《つがい》というのは、魔族にある特別な絆のことだよ」

ルイスがお茶やお菓子をテーブルに並べて下がったところで、ラトが口を開いた。アークを呆れたように睨みながらも、スノウを見つめる目には慈しみが満ちている。

同族からのそのような眼差しは懐かしくて、嬉しくなる。ふわりふわりと尻尾を揺らすと、ラトの目が更に愛しげに細められた。

「特別な絆……」

「基本的に魔族は同族で番《つがい》になるけれど、運命の番《つがい》というのは種族も性別も限定されない。生まれた時から縁が結びつけられている、世界でたった一人の相手だ。特有の香りで判別できる」

特有の香りというのが、アークの花のような香りを指しているのだと気づいた。つまり、アークはスノウの運命の番《つがい》というものらしい。アークからの呼び名には、特別な意味があったのだ。

このことを、アークは絶対に知っていただろう。あらかじめ教えておいてくれたなら、ラトにこんな手間をとらせることなく、同族との再会を純粋に喜べたのに。

「……番《つがい》というのはなぁに？」

難しい顔をして呟いたスノウの質問は予想外だったのか、ラトがぱちりと瞬いた後、苦笑した。

「私とナイトのような関係のことだよ。スノウの母親と父親も同じ。妻と夫。母と父。祖母と祖父。言い方は様々だけれど、婚姻《こんいん》のことや、その相手のことを番《つがい》と呼ぶんだ」

「……ん？　でも、アークは今の僕のことを番《つがい》と呼ぶことがあるよ？　僕はアークの妻でも夫でもないけど」

「……それが、運命の番《つがい》の特徴だね。運命に出会った瞬間から、その相手しか番《つがい》にしたいと思えなくなる。いずれ番《つがい》になるのが自然なのだから、正式に番《つがい》になる前から相手を番《つがい》と呼ぶんだ」

「今は正式な番《つがい》未満だけど、いずれ番《つがい》になるから、やっぱり番《つがい》……？　え、僕、アークと結婚するっていう意味で番《つがい》になるの？」

なんとか理解して、思わず目を見開いた。

パッと振り仰ぐと、アークが気まずそうに目を逸らしている。

スノウはアークの腕に手を掛けて揺すり、答えをねだった。

「……あぁ、そうだ。スノウにはまだ早いと思っていたんだが……俺とスノウは運命の番《つがい》。スノウが大人になったら、正式に番《つがい》になる」

初めは躊躇いがちだったが、宣言には確固たる意志が込められているように感じた。

スノウの胸がふわっと熱くなる。アークの花のような香りが鼻先をくすぐり、なんだかうっとりとしてきた。ラトの前だから、しっかりしないといけないと気を張り詰めていたのに、それさえ忘れてアークしか見えなくなりそうだ。

「アークと番《つがい》……ずっと、一緒にいられるってことだよね……？」

「そうだ。ずっと、死ぬ時まで一緒に」

アークの手に顔を包まれる。目と目を合わせて思わず微笑んだ。

まだ番《つがい》がどういうものかよく分かっていなかったけど、アークと一緒にいられるのは嬉しい。

それがなによりも幸せなことだと思えるから、これが運命の番《つがい》ということなのかもしれない。

アークに包まれて微笑んでいたスノウは、ふと疑問を思い出してラトとナイト、アークを見比べた。

「でも、僕もアークも雄《おす》だけど、番《つがい》になれるの？」

スノウはまだ幼いが、結婚するのが雌雄《しゆう》の組み合わせであることは知っている。

ラトとナイトが雄《おす》同士であることが、出会った時から不思議だったのだ。

「ああ、運命の番《つがい》ならね。もちろん、子を作らなくてもいいなら、運命ではなくとも雄《おす》同士で番《つがい》になる者もいるけれど。雪豹の里ではあまり一般的ではなかったから、スノウは見たことがなかったのかもね」

「そうなんだ……？　運命の番《つがい》なら、雄《おす》同士で子どもを作れるの？」

ラトとナイトの間に生まれた子がスノウの父ならば、そういうことになる。それがよく分からない。

首を傾げるスノウの頭をアークが優しく撫でる。

それが気持ちよくて、思わず喉が鳴りそうになったので必死に堪えた。さすがにラトの前でそんな振る舞いをするのは、はしたない気がする。

「作れるよ。雌雄《しゆう》での産み方と違って、卵で産まれるけれど」

「卵……！　鳥さんみたい……」

ポカンと口を開けてしまう。

雌雄《しゆう》での妊娠・出産の方法も詳しく知らないけど、卵生というのが特殊であることは分かる。

パチリと瞬《まばた》きするスノウの腹の辺りを、アークが撫でた。くすぐったくて思わず身を捩る。見上げると、アークが目を細めて微笑んでいた。

その眼差しに浮かぶ感情が読み取れなくて、スノウは首を傾げる。

なんだかいつもと雰囲気が違う。

ただ愛しいと思っているだけではない、不思議な熱を感じる気がした。

「ふふ、そうだね。まあ、その辺の詳しいことは、もっと大きくなってから知っても遅くないだろう。大丈夫、魔王陛下はちゃんと知っているからね。任せればいいよ」

「……うん、分かった」

微笑ましげに目を細めるラトに、スノウは素直に頷いた。

アークが知っているというなら問題ないだろう。スノウのことを誰よりも慈しんでくれているのはアークなのだから。スノウが知るべき時がきたら教えてくれるはずだ。

疑問が解消したところで、スノウはラトの隣で微笑んでいるナイトが気になった。

金の瞳が細められている。スノウと同じ瞳の色だ。

スノウは、雪豹の里で金の瞳を見たことがない。

「あの……おじい様って呼んでもいい？」

「俺か。もちろん、構わないぞ。スノウはロンドの子だからな」

「ロンドって、父様のこと？」

「そうとも。ロンドは雪豹の種族で生まれたが、俺の子であることにはかわりない。ロンドもスノウも、俺と同じ金の瞳だ。種族は違えど、血は繋がっている」

「金の瞳はおじい様譲りだったんだね！　あれ、でも、父様は雪豹族になるの？」

首を傾げる。雪豹族と白狼族の間に生まれた子は純粋な雪豹族なのだろうか。

ラトが「ああ……説明をし忘れたね」と呟いて苦笑した。

「――別種族の親の元に生まれる子は、どちらかの種族に片寄るんだよ。ロンドのように別種族の親の色や性質を受け継ぐことはあるけど」

「へぇ、そうなんだ」

スノウは思わずにこにこ笑って、尻尾で軽快にソファを叩いた。将来、スノウとアークの間で子が生まれたら、雪豹族が増えるということなのだと理解して、嬉しくなったのだ。

ラトのように雪豹の里以外に居を置く雪豹族がいる可能性はあるけど、その数は少ないだろう。だから、今後雪豹族は絶滅するかもしれないと思っていた。

でも、スノウとアークががんばれば、その未来を先延ばしにできる。

またたくさんの雪豹族を見られるかもしれないと思うと、その未来が楽しみになった。

（雪豹族、たくさん増やしたいな……！）

そこまで考えて、ふと首を傾げた。

アークとの間の子ということは、それはアークの種族である可能性もあるということだ。

でも、アークの種族とはなんだろうか。魔族の王という種族ではないのは分かる。それは里長みたいな立場の名称だ。

「アークはなんていう種族なの？」

アークを振り仰ぐと、夕陽色の目が丸くなった。ラトとナイトからだけでなく、壁際に控えていたルイスとロウエンからも「えっ？」と声が漏れる。スノウの質問は予想外だったようだ。

教えられていないのだから、仕方ないではないか。そんなに驚かれるのは心外だ。スノウが思わずムスッと頰《ほお》を膨らませると、アークに楽しそうにつつかれた。

「俺は竜族だ。代々の竜族の長が、魔族の王を兼任《けんにん》することになっている」

「えっ、アークは竜族の長でもあるんだ！　凄いねぇ」

スノウは予想もしなかったアークの種族に、目を見開いて驚いた。同時に少し興奮する。

竜族は魔族最強の種族だと言われている。その長までしているなんて、アークは相当強いに違いない。狩りが上手いのも納得だ。

雪豹の里では、強さというのは雄《おす》のモテる指標《しひょう》だと聞いたことがある。強ければ強いほど、雌《めす》に好かれるのだ。

そんなに強いアークがスノウの番《つがい》だということが、なんだか誇らしくなった。

もちろん、雄《おす》である以上スノウ自身も強くなりたいけど、アークに敵わなくても不満はない。だって、竜族の長ということは、魔族で一番強いといっても良いはずだから。

「スノウが喜んでくれるなら、面倒だと思っても長をやっていて良かったよ」

アークが言葉通り嬉しそうに顔を綻ばせる。

スノウがどう思うかは関係なく、長であることは誇るべきことのはずだけど、アークにとっては面倒なことなのか。長にどういう務めがあるか、スノウは知らないからなんとも言えない。

でも、もしアークが竜族の長と魔族の王を兼任《けんにん》して疲れているなら、スノウはそれを癒してあげたい。だって、夫婦は互いに助け合うものだと近所のおばさまは言っていた。

番《つがい》になるというなら、スノウもアークと助け合うべきだ。

(今は、アークに色んなことをしてもらってばかりだけど……僕もアークに何かしてあげられるようになりたい！　そのためには――)

そこまで考えて、スノウは本題を思い出した。

同族に会うことには目的があったのだ。

ラトをパッと振り向いて、身を乗り出す。スノウの勢いに、ラトがきょとんと瞬《まばた》きを繰り返した。

「おばあ様っ、僕、お願いがあるの！」

「お願い？」

「うん！　僕、まだ人型になれなくて……練習に付き合ってくれませんかっ？」

じっと見つめてねだると、ラトが「あぁ」と呟いて苦笑した。

何度か頷くラトの仕草を見てスノウの期待が高まる。アークから、ラトが人型になる方法を教えてくれるとは聞いていたけど、直接約束しないと落ち着かない。

ラトが柔らかな笑みを浮かべる。

「もちろん。スノウにそれを教えるのも、私がここに来た理由のひとつだからね」

「っ、ありがとう！　――アーク、僕がんばるよ！」

喜びのままに笑みを浮かべてアークを見上げると、愛しそうに見つめられた。

「あぁ……――楽しみにしてる」

言葉通り期待に満ちたアークの表情に、スノウのやる気が高まった。同族の助けがあるのだ。きっと遠からず人型になれるはず。

人型になれたら、一番にアークを抱きしめて、これまでの感謝を込めて頬《ほお》にキスを贈るのだ。

これまでは胸に抱きつくことしかできなかったけど、人の腕があればアークの背中まで手が届くだろう。

そして、アークの助けになれるようにがんばりたい。

ずっと一緒にいるために。支え合える仲になるために。

人型になるのは、その目標を叶えるための第一歩になるはずだ。

◇

祖母ラトとの対面から一夜明け、スノウは早速人型になる練習に取り組んでいた。

執務を午後に回したアークに見守られながら、ラトの教えを真剣に聞く。

雪豹族の人型への変化は、やはり魔力を使って行うらしい。そのため、まずは魔力の扱いを学ぶことになった。

「――胸の中心、ここに魔力の塊を感じる？」

「ここ……うん、なんかぽわーって温かいのがある……」

前足の付け根辺りの胸に熱を感じる。

母から魔力の扱いを学んでいた時も、ここに意識を集中しなさいと言われたのを思い出した。母は、それからどうすると言っていただろうか――

(――そうだ……この、ぽわーとしたのを、身体中に巡らせるイメージで動かすんだ！)

母の言葉が脳裏に甦る。

『最初はゆっくり慎重にしていいの。慣れたら集中しなくても自然とできるようになるわ』

優しい声音がスノウを導いた。

「そう……ゆっくり、慎重に巡らせてごらん」

ラトの声が、記憶の中の母の声に重なる。母とラトの間に血の繋がりはないはずなのに、どこか似ている気がして心がふわふわする。

ぎゅっと抱きしめられながら眠れたら、どんなに幸せだろうか。

(――いや、だめだ！　今は集中集中！)

目を瞑《つぶ》って魔力を巡らせるよう意識する。

最初はどこかに引っ掛かったように魔力の流れが滞っていたけど、不意に堰《せき》が外れるように流れ出した。その勢いが強すぎて、今度は流れる量を調整する。なかなか難しい。

「……上手だ。そもそも胸のここから流れ出す量を絞るといいよ」

「絞る……」

ふわりとラトの手が背を撫でる。

魔力の流れを外から整えるように、ラトの魔力がスノウに添えられた感じがした。そのおかげで、随分と調整が楽になる。

少し余裕が出てきたところで、胸元にある魔力の出口を細くするイメージをしてみた。

「——あ……なんか、分かったかも！」

ゆっくりと魔力が巡り、過不足なく身体を満たす。

水浴びをした後のようにスッキリとした気分になった。

「いいね。新鮮な空気を吸ったみたいだろう？　長く魔力を動かさなかったからか、少し魔力が濁っていたみたいだからね」

「そうなんだ……。うん、凄く気分がいい！」

ラトの手が離れたのを合図に、そっと目を開ける。

視界が前よりもクリアになった気がした。目の前のソファに座っていたアークと目が合う。なんだか驚いているように見えた。

「雪豹族は、魔力を扱えるかどうかで、これほど雰囲気が変わるのか……」

「魔王陛下は本来の雪豹族を知らなかったのですね。確かに、彼らの多くは里に引きこもる性質ですからな。魔力が正しく巡ると更に美しいでしょう？」

アークとナイトが話している。

その言葉の意味が気になって自分の手を見つめ、スノウは目をパチリと瞬かせた。

白に黒の豹柄がある毛が、眩い艶を放っている気がする。尻尾のふわふわも、思わず咥えたくなるほど。……いや、咥えたくなるのはいつものことだった。

ソファの上でくるくる回りながら全身を確かめているスノウに、部屋にいるみんなから幼子《おさなご》を見るような微笑ましげな眼差しが向けられていた。

そのことに気づいた瞬間に恥ずかしくなって、スノウはピシリと固まる。

「……おばあ様。僕、魔力は扱えるようになったし、人型の練習をしよう！」

何事もなかったように、きちんとお座りして澄まし顔で言うと、部屋中に吹き出して笑う声が響いた。取り繕《つくろ》いは無駄だったらしい。むしろ笑いを誘った気がする。みんな笑いすぎだ。

「ふっ、ははっ、……スノウは可愛いなぁ。ロンドの子どもの頃が懐かしい」

「孫が愛らしいのは当然だな。白狼族でなくとも、可愛がりたくなる」

「俺のスノウはいつだって可愛いぞ」

向けられる温かな眼差しが気恥ずかしくて、スノウはムスッと頬《ほお》を膨らませて拗《す》ねて見せた。

それさえも「可愛い」と言われて、状況に変化がないので、諦めてため息をつくことになったけど。

笑いで場が和んだところで、再びスノウの人型になる練習が始まる。

「人型になるにはイメージが大事なんだ。私や里にいた雪豹の人型を思い出してみてごらん」

ラトの言葉に従い、目を閉じて思い出してみる。

雪豹族の人型は、総じて肌が白かった。かといって雪のように青白いのではなく、ほんのりと黄色がかった白で温かみがある。

髪は白っぽい灰色から黒色まで個人差があって、艶やかなのが共通点だ。

目の色は獣型の時とほとんど変わらないはず。

雪豹族はあまり背は高くないけど、すらりとしたしなやかな肢体《したい》で、とにかく優美《ゆうび》な印象がある。

(僕が人型になったら、どうなるかな。肌は母様と同じくらい白い気がする。まだ成長途中だから、あんまり背は高くないかも。顔は母様に似てるかな……?)

朧気《おぼろげ》に自分の人型のイメージが浮かんできた。

髪は濃灰色。目は丸くてちょっと橙色《だいだいいろ》がかった金。

顔の輪郭《りんかく》は、まだちょっとふっくらしている気がする。成長したら、もっとシュッとなるだろう。

頭には二つの丸っこい三角耳。これは獣型と同じ。

尻尾もふわふわと長くて触り心地がよさそうだ。

なんとなく、全体的に華奢《きゃしゃ》な感じがした。もっと筋肉がある感じがいいなと思っても、イメージは変わらない。

「――スノウの人型のイメージが浮かんできた？　雪豹族は、変化の前から己の姿を予見できるんだ」

「……僕、もっとしっかりした身体つきがいいな」

「ふはっ！　残念だけど、今浮かんでいるイメージがスノウの本来の姿だよ。多少は鍛えたら変わるだろうけど、雪豹族はあまり筋肉がつかない性質だから、期待しすぎないように」

「はーい……」

吹き出して笑うラトを薄目を開けて睨む。

その状態でも、完成されたイメージは脳裏から消えることはなかった。人型になれる予感がして、次第にワクワクしてくる。

次の指示を大人しく待つスノウに、ラトが真面目な眼差しを向けた。

「イメージを頭に残したまま、少しずつ魔力の密度を上げて身体に巡らせてみて」

「密度を上げる？」

「そう。なんというか……柔らかい雪を握って雪玉を作るみたいに、ぎゅっと魔力を練りながら身体に巡らせるんだ」

「雪玉……」

雪豹の里での遊びを思い出す。

スノウよりも年嵩《としかさ》の子どもたちは、人型になって雪玉を作っては投げ合い遊んでいた。

スノウも真似して獣型の小さな手でせっせと雪を握り、たくさんの雪玉を作ったものだ。投げることはできなかったけど、雪兎《ゆきうさぎ》の形に整え、家の前にたくさん並べて、狩りから帰ってきた母を仰天させたことがあった。

(『可愛いものでも、たくさんあると少し恐怖を感じるわね。でも、とっても上手よ』って、母様褒めてくれたなぁ)

驚きの後に、楽しそうに声を上げて笑っていた母を思い出して、スノウは胸が温かくなった。

魔王城があるこの場所でも雪が降るかは分からないけど、いつかアークにも雪兎《ゆきうさぎ》を見せてあげたい。母のように驚いて、そして何より楽しそうに笑ってくれたら嬉しい。

「雪玉、ぎゅうぎゅう……」

呟きながら魔力を練る。雪のような形がないから難しいけど、少しずつ密度が高まってきた気がする。

それを繰り返しながら魔力を巡らせていると、次第に身体が膨らむような感覚があった。

手の先から足先、頭から胴体。次第に魔力が内側から押し広げていくような気がして――

——ぶわっと魔力が膨れ上がる感覚と共に、一瞬で視界が真っ白になった。

瞬《まばた》きを繰り返して、次第に戻ってきた視界にホッとする。でも、なんだか違和感があった。

違和感の正体を探ろうと、スノウは首を傾げて考え込む。

その瞬間、ふわりと肩に柔らかい毛布《もうふ》の感触が落ちてきた。身体全体を包まれて、少し安心する。

傍らをちらりと見上げると、焦った表情のルイスが、『良い仕事した！』と言いたげに、額に浮いてもいない汗を拭う仕草をしていた。

いつもよりルイスの顔との距離が近い気がする。

（——というか、視点が高い……？）

ぱちりと目を瞬《まばた》き、顔を擦《こす》ろうとして、いつもと違うさらりとした感触が手に伝わる。柔らかい毛がない。

見下ろすと毛布《もうふ》の下に人の裸の姿があった。

まじまじと華奢《きゃしゃ》な手を眺め、毛のない顔を撫で、脚を擦《こす》る。なんだかつるつるさらさらしていて面白い。毛のふんわり感はないけど、柔らかな肌の弾力が気持ちいい。

その感触が楽しくなってくるのと同時に、遅れて実感が湧いてきた。

「——アーク！　僕、人型になれた！」

喜びを抑える必要性を感じなくて、アークもきっと祝ってくれるだろうと、勢いよく駆け寄る。

逞しい身体に抱きつくと、スノウよりも硬い感触がはっきりと伝わってきた。獣型の時とは少し感じ方が違っていて面白い。

アークはスノウよりも遥《はる》かに体格が良くて、まだ成長途中のスノウがいくら頑張っても、アークの全身を包み込んであげられるわけではない。

でも、獣型の時よりも長い腕でぎゅっと抱きしめることができる。それが嬉しくて堪らない。

アークの胸板にすりすりと頰《ほお》を擦《こす》りつけて、スノウは伝わってくる感触を堪能するようにうっとりと目を瞑《つぶ》った。獣型の時よりも体温を近く感じられて安心する。

ルイスが掛けてくれた毛布《もうふ》の重さがなくなったことも気にならなかった。

むしろ、毛布《もうふ》は邪魔だと感じる。

なんなら、アークの服も剥ぎ取って、素肌に頰《ほお》を擦りつけたい。そうしたら、もっとアークの体温を感じられるはずだ。

「っ……スノウ！　服！　まず、服を着ろ！」

アークがなぜか慌てた表情で、纏《まと》っていたマントでスノウをぐるぐる巻きにした。

折角抱きしめられるようになったのに、引き離されたのが悲しい。スノウに移ったアークの体温が次第に冷えていく。もっと体温を分け合いたいのに、どうして遠ざけるのか。

しょんぼりとしながらスノウが見上げると、アークがパッと顔を背けた。

頰《ほお》が少し赤くなっている。

「……アーク、風邪引いた？」

「いや……元気だ」

首を傾げて心配するスノウの顔を見ようともせず、アークが呟くように答えた。

何か誤魔化している気がする。

じぃっと顔を覗き込んでみるけど、いつまで経っても視線が合わない。

アークの横にいたナイトが、ニヤリと笑った。

「陛下はいろんなところが元気なだけだ」

「スノウに下品なことを言うなっ！」

「スケベジジイは黙ってなさい！　というか、孫の裸体を凝視《ぎょうし》してたの、許さないよ！」

ナイトがアークに叩かれ、ラトに蹴られる。

二人が下品とか、スケベジジイとか言っている理由がよく分からないけど、アークが元気なことは確からしい。

でも、せっかく人型になれたのに、アークがナイトばかり見て構っているのはひどい。スノウは巻きつけられたマントの隙間から腕を伸ばし、アークの服の袖を引く。

「……アーク、僕を見て。人型の僕、どう？」

ちらりと見下ろしてくるアークの頬《ほお》が、更にうっすらと赤く染まった。もしかしたら、スノウが人型になれたことを喜んで上気しているのかもしれない。それなら嬉しい。

「っ……とても、綺麗で、可愛らしい」

囁くようなアークの甘い響きの声に、スノウも喜びとよく分からない感情が込み上げてきて、頬《ほお》が熱くなった。

五　愛に悶《もだ》える

午前中いっぱいスノウの人型への変化の練習に付き合ったアークは、執務机に積み重なった書類を眺めながらため息をついた。

書類の多さを嘆いているのではない。これでも、側近《そっきん》のロウエンが処理できる分は代わりにしてもらっていたので、いつもと大して変わらない量なのだ。

では、何を思ってため息をついているかと言うと――

（――予想以上だった。スノウの人型が、あんなに美しくて愛らしいものだったなんて……）

脳裏に浮かぶのは、初めて人型になったスノウの姿。

艶やかな濃灰の髪はふわりと揺れ、前髪の下から覗く丸い金眼は、潤んでキラキラと輝いていた。

顔は片手で掴めそうなくらい小さく、体格も華奢《きゃしゃ》で頼りなげでありながら、しなやかで美しい。

まだアークのみぞおちくらいほどの身長しかないが、少年らしい愛らしさが魅力的だった。

はだけた毛布《もうふ》から見えた白く滑らかな肌を思い出し、ぶんぶんと頭を振って記憶の片隅に追いやる。忘却《ぼうきゃく》しようと思えないのが、アークの本心を示していた。

（忘れられるものか。あんなに愛らしく、それでいてあどけない妖艶《ようえん》な姿……。俺の番《つがい》だぞ。一瞬

たりとも忘れはしない）

そう思いながら、スノウの祖父の言動を思い出し、書類を睨んだ。

八つ当たり気味に一枚手に取り、目を通しながら思考は別の方を向く。

（ナイトめ……スノウの祖父とはいえ、俺の番《つがい》の裸を見るなんて。目玉をくり抜いてやれば良かった！）

獣型から人型になる時は当然服を着ていない。思いがけずスノウが順調に人型になれたことで、そのことへの対処を忘れていたから、アークはスノウが変化した瞬間目を逸らすしかなかった。見続けていたら危ないと分かっていた。まだスノウは子どもだ。成長を見守るべき時期であり、手を出すなんて駄目なのは分かりきっている。

すぐさま毛布《もうふ》を掛けたルイスは、本当に良い仕事をした。あのままでは、アークの愛しい番《つがい》の裸体が、血縁者とはいえ男の目にさらされ続けるところだった。

「はぁ……」

「おや、陛下……スノウ様が人型になれたというのに、何故そのように辛気《しんき》くさい顔をしているのです？」

「茶化すな。俺は真剣に悩んでるんだ」

ニヤニヤとした笑いが隠せていないロウエンを横目で睨みながら、検討に値しない提案書を却下用ボックスに投げる。

「悩み……もしや、スノウ様のあまりに美しいご様子に？」

「……お前、人化したスノウにはまだ会ってないよな？」

ロウエンがアークの悩みを言い当てるので、思わず僅かに目を見開いて驚く。そんなに分かりやすい表情をしていたとは思わないのだが。

「ファッファァッファァッ。書類を戻してきた帰りに、噂話を小耳に挟みましてね。メイドたちが大層賑やかに話しておりましたよ。『スノウ様の人型は凄くお美しかったのよ！　お耳と尻尾はふわふわのままだったし。あんなに愛らしいのに、部屋に仕舞いこまない陛下って、凄く寛容《かんよう》よね』と」

「……声真似が気持ち悪いな」

多分に揶揄《やゆ》を含んだロウエンの言葉に、憮然としながら返す。内容に触れる気はなかった。

メイドの言葉は、正直なところアークの頭にあった考えだ。

それでも、スノウを部屋という狭い世界の中だけに押し込めるのは可哀想に思えて、苦渋《くじゅう》の決断で城内の散歩を許可した。早速出歩いているとは思わなかったが。

(俺もまだ堪能できていないというのに、先にメイドたちが楽しんでいるというのは、些か腹が立つな……)

八つ当たりだと分かっていても、心は誤魔化せない。

アークは眉間《みけん》にシワを寄せながら、次の書類を手に取る。

苛立ちの分だけ、後でスノウを可愛がろうと決めた。

「……まずは服を仕立てるか」

「服を贈るのは脱がせるため、とよく言われますが、陛下はいかがお思いになりますか？」

「その下品な口を閉じろっ！」

思わず印章《いんしょう》を投げそうになって、すんでのところで堪えた。

……ロウエンから放たれた揶揄《やゆ》交じりの言葉が、一切頭になかったとは言えないのが、少し後ろめたいところだ。

◆

人型の身体になって二本足で歩くことに、不思議と不自由はなかった。ラト曰く、獣人《じゅうじん》の本能に染み付いているのではないか、ということらしい。

高い視点で物を見るのが楽しくて、人型になれたことが嬉しくて、午後は自慢するために城探索をした。

みんな「可愛い」「美人」と褒めてくれてスノウの機嫌は絶好調だ。本当は「カッコいい」と言ってもらいたかったけど、まだ子どもだし仕方ない。

探索を終えて部屋で寛《くつろ》いでいたら、あっという間にアークが執務を終えて戻ってきた。それが嬉しくて、抱きついて歓迎する。

今回はちゃんと服を着ているし、引き離されないだろう。

「アーク、お帰りなさい！」

「……ただいま」

肩を抱かれて、大好きな体温に額を擦りつけてから、アークの顔を見上げる。

そして、首に手を回してグイッと引いた。

スノウが促すままに顔を近づけてくるアークに微笑み、頬《ほお》にキスをする。人型の時は舌でペロッと舐めないのだと、アークのやり方で学んだ。

スノウはずっとこれがしたかったのだ。アークを抱きしめて、頬《ほお》にキスをする。感謝の思いだけでなく、愛情を込めて。まだ頭を下げてもらわないとキスできないのは不満だけど、今後の自分の成長に期待するしかない。

「……城探索は楽しかったか？」

なぜか躊躇いがちに額にキスを返された。

声の調子はいつもと変わらないけど、前より距離がある気がする。

ちゃんと服を着ているのに、アークが身を引く理由が他にあるのだろうか。少しずつ悲しくなってくる。

（僕のことが、嫌いになったわけじゃないよね……？）

拭いきれない不安を押し隠し、アークに笑顔を向ける。せっかく人型になれた記念すべき日に、アークと喧嘩《けんか》なんてしたくなかった。

アークが何か隠し事をしているにしても、それを話さないと決めているのなら、スノウが無理に聞き出そうとするのはあまりにわがままだと思う。

スノウは人型になれた。

つまり、大人に近づいたということ。

そろそろ甘やかされてばかりの子どもでいるのは許されない。我慢を覚えないと。

「楽しかったよ。今度はアークも一緒に行こうよ」

「……ああ、そうだな」

アークが眩しそうに目を細めて、視線を逸らした。

その目にスノウの姿が映らないというだけで、こんなに寂しい気持ちになるなんて知らなかった。

(僕の姿、見たくないの？　人型、気に入らなかった？)

溢れ出しそうな不安と疑問を、唇を噛んで堪える。

大人は何をどこまで我慢したら良いのだろう。

アークはスノウがどうしたら褒めてくれるのだろう。

ぐるぐると頭を巡る問いかけに、答えが返ってくることはなかった。

◇

なんとなくぎこちない雰囲気で、晩餐《ばんさん》の時間までアークと過ごす。

今日の晩餐《ばんさん》は、スノウの人型変化成功記念に、とっておきのメニューになるらしい。

「ねぇ、アーク。お膝に乗っていい？」

これくらいはいいだろうか、と思いながら隣に座ったアークを見上げて尋ねてみた。

「……いいぞ、おいで」

なんだか葛藤《かっとう》した表情の後、アークが覚悟を決めた様子で頷く。

獣型の時はよく乗っていたのだから、特別なことではないと判断して聞いたんだけど、アークにとっては違ったみたいだ。アークが考えていることがよく分からない。

とはいえ、ちゃんと許可をもらえたので、いそいそと座り込む。

横向きか後ろ向きか前向きか……悩んだ末に横向きに。太ももを跨《また》ぐのは寛《くつろ》げない感じがするし、後ろ向きだとアークの顔を見られないのが寂しい。

ただ、横向きだと少し安定感が足りないので、アークの背に腕を回して抱きつく。肩に頭を凭《もた》れさせると、なかなか居心地がいい。獣型だったら、ぐるぐると喉が鳴っていそうだ。

「もう少ししたら、僕の背もぐんぐん伸びるだろうし、アークの膝に乗るのも大変になっちゃうかなぁ」

「スノウなら、どれだけ重くなろうと構わないが。むしろそのくらい成長してくれないと困る。なんだ、この軽さは……」

アークが体格を確かめるように、スノウの身体を撫でる。大きな手が気持ちいい。服が邪魔だけど、脱いだらまた引き離されてしまうかもしれない。それは悲しいから我慢する。

それよりも、いつも通りに会話できたことが嬉しくて、顔が緩んでいった。

もっともっと撫でてほしい。

アークがスノウの人型も好きになってくれたらいいのに。

「まだ成長期に入ったばかりだからだよ。獣人《じゅうじん》は生まれて三年で成年になるけど、それまでずっと背が伸びるんだよ」

「三年か……。スノウは今、一歳を越えたところだったか？」

「うん、もう幼児期じゃないんだよ」

「成年まであと二年ということだな……」

スノウの背丈はアークのみぞおちに額がつくくらい。これから二年ほどは成長するはずなのだ。

獣人《じゅうじん》は生まれて一年ほどで幼児期を脱し、その後二年ほどで成年を迎えるのが一般的。

成年後はあまり見た目は変わらず、寿命《じゅみょう》が近づく頃に老化が見える。種族ごとに寿命《じゅみょう》の差があるらしいけど、雪豹族だと百年ほどか。

……竜族であるアークは、どれくらい生きるのだろう。

というか、そもそも今いくつなんだろうか。とうに成年を過ぎていることは察していたけど。

「アークは今何歳？」

「俺か？　随分前に二百歳を過ぎたのは確かだが」

「にひゃっ――!?」

絶句だ。既に獣人《じゅうじん》の寿命《じゅみょう》を遥《はる》かに超えているとは思わなかった。

「竜族は千年ほどは生きるからな」

「せんねん……」

もう、想像もできない年数だ。ポカンと口を開けると、アークが楽しそうに笑った。

……そういう笑顔、好き。スノウまで楽しくなってきて微笑んでしまう。

千年生きるって長い。それだけの時間があれば、色んなことができそうだ。世界一周とか、宝石集めとか。でも、退屈になる気もする。千年もの長い時間をかけてすることがあるのだろうか。

「――寂しくならない？」

「うん？　あまりそういう感覚はなかったが……。今はスノウがいて楽しいし、幸せでいっぱいだからな」

アークが一切の翳《かげ》りのない笑みを浮かべる。

それは嬉しかったけど、スノウの心に不安が忍び寄ってきた。

だって、スノウは獣人《じゅうじん》だ。百年しか生きられないのだ。アークを残して死んでしまう。

「アーク、僕が死んだ後も、ちゃんと幸せでいられる……？」

「死ぬっ⁉　そんな悲しいことを言うな。俺はスノウを死なせたりなんかしないぞ！」

目を見張ったアークが力強く抱きしめてくる。その慌てようが、アークの衝撃の強さを物語っていた。

申し訳なくなりながらも、スノウは首元に抱きついて不安を吐露《とろ》する。アークがどれほどスノウを守ろうとしてくれても、寿命《じゅみょう》の違いはどうしようもないのだ。

「だって、僕、獣人《じゅうじん》だから……。寿命《じゅみょう》は百年くらいなんだよ……」

「ああ……そういうことか」

安堵《あんど》した声が聞こえた。不安に共感してもらえないのが不満で、スノウは思わず唇を尖らせてアークを見据える。

アークはなぜか愛しげにスノウを見つめていた。予想外の表情に、スノウはパチリと瞬《まばた》きをする。

「――大丈夫だぞ。運命の番《つがい》は寿命《じゅみょう》を共にするものだからな。大体長い方に合わせることになるし、不安に思う必要はない。むしろ長い生をどう楽しんで生きるか考えた方がいいぞ」

「え……」

スノウは思考を停止させて、アークの顔を呆然と眺めた。

寿命《じゅみょう》を共にする。長い方に合わせる。

アークが語ったことは、スノウの知識にはない言葉だ。

でも、スノウはそもそも番《つがい》の関係性について詳しくないのだから、知らなくても不思議はないだろう。

「……僕も、千年生きるの……？」

「俺が今二百歳過ぎた頃だから、あと八百年くらいだな」

「大して変わらないよ……」

訂正されたところで、スノウにとってはどちらも長いとしか思えない。

理解が難しくて顔を顰《しか》めると、アークの指が優しく頬《ほお》を撫でてくれた。それが気持ちよくて目を細めて手を重ねる。もっと撫でてほしいという心のままの行動だった。

僅かに息を呑んだ気配の後、ぎこちなくアークの指先が動く。

「——あんまり想像できないけど、アークとずっといられるのは嬉しいかも」

「ああ、俺も嬉しい。……ずっと独りで生きるものだと思っていたから尚更な」

「独り？　どうして？　運命じゃなくても、番《つがい》を探したりしなかったの？」

アークが過去を思い出すように、僅かに瞳を翳《かげ》らせた。凄く寂しげな声に聞こえて、心が少しヒヤッとする。アークの心が沈んでいると、スノウも悲しくなるのだ。

二百年も生きているのなら、アークは既に番《つがい》にしたいと思える人に出会っていてもおかしくないはずだ。まさかスノウに会えるのが分かっていて、ずっと待っていてくれたわけではないだろう。

どうして独りで生きるなんて思っていたのか。

「番《つがい》を探したことはない。スノウに出会うまで、俺は結構無気力な状態で生きていたんだ。魔王として、竜族の長として、務めは果たしていたがそれだけだ。それでいいと思っていた」

「……寂しくなかった？」

「そういう感情もなかった気がする……。だから、そんなに悲しそうな顔をしないでくれ。こうしてスノウに出会えて、俺は今幸せなんだから」

ほのかな笑みを浮かべるアークを見つめる。そこに翳《かげ》りが残っていないか探して、幸せという言葉が真実だと悟って、スノウも笑みを浮かべた。

過去のアークはちょっと寂しい人生だったみたいだけど、スノウが幸せにすればいいのだ。

これから生きる時間の方が長いみたいだし、終わりの時に「幸せな人生だった」と言ってもらえるようにがんばりたい。

「そっか。……うん、僕も、今幸せ。アークが傍にいるから。アークのことも、もっともっと幸せにするね！」

「ははっ、そうか。ありがとう。一緒に生きてくれるだけで十分だよ」

「幸せには十分とか上限はないんだって母様が言ってたよ。毎日幸せは積み重なっていくの。八百年もあれば、アークをもっと幸せでいっぱいにできるね！」

スノウがにこりと笑って告げると、アークの目が丸くなった。そして、何度か瞬《まばた》きを繰り返したかと思うと、くしゃりと笑う。

泣いているみたいなのに、凄く幸せそうな、不思議な笑顔だった。初めて見る。

「幸せでいっぱいか……。それは、楽しみだな」

「僕も、楽しみ！」

ぎゅっと抱きついてアークの頭を撫でる。

今日よりも明日。明日よりも明後日——。毎日幸せが積み重なっていきますように、と祈って。

◇

スノウの人型変化成功記念の晩餐《ばんさん》には、アークはもちろんのこと、ロウエンやラト、ナイトも揃った。普段は給仕《きゅうじ》に専念するルイスも、今晩は同席している。

賑やかで嬉しいけど、スノウには少し困ったことがあった。

「……うぅ……フォークもナイフも難しい……」

カトラリーを扱うことがこんなに難しいとは思わなかった。アークたちは簡単に扱っていたから、スノウだってすぐできるようになると思っていた。

二本足で歩くのは苦労しなかったのに、なんで指先は自在に動いてくれないのか。

スノウは泣きそうになりながら、フォークの柄をぎゅっと握る。目の前に美味しそうな料理が並んでいるのに、お預けをされている気分だ。

「まだ慣れてないんだから仕方ない。ほら、スノウ、口を開けて」

「……うん」

隣の席のアークがフォークでお肉を差し出してきた。スノウは食欲に負けて口をぱかりと開ける。

（……お肉美味しい。自分で食べられたら、より良かったんだけど）

なぜか嬉しそうなアークをじとりと見つめながら、スノウはもぐもぐと口を動かし続けた。

フォークをぎゅうぎゅう握るのはやめない。少しでも早く慣れるように訓練しているのだ。

「スノウ様の分はスプーンで食べられるようにしておけば良かったですねぇ。もしくは手掴みできるもの。普通に歩けるようでしたので、その辺の配慮《はいりょ》が必要だとは思いませんでした」

「……ルイスは悪くないよ。僕も、こんなに下手だとは思わなかった。明日から練習に付き合ってくれる？」

「もちろんです。ゆっくり練習しましょう」

穏やかな笑みを見せるルイスに微笑んで頷き、ナイフの横に置かれているスプーンを手に取る。

これですくえるものは自分で食べられるはずだ。ミニトマトとか。

アークたちみたいに優雅《ゆうが》な感じではなく、柄を握り締める感じになってしまうのは悔しいけど。

「……とれた！」

「上手だね。フォークにもすぐ慣れるさ」

ラトが褒めてくれる。それが嬉しくて、満面の笑みを浮かべて、ミニトマトを口に放り込んだ。

アークが寂しそうな顔でフォークを構えているけど、そのお肉は自分の口に入れたらいいと思う。アークもちゃんと食べないと。スノウよりも身体が大きいんだから。

「ロンドの子どもの頃はどうだったたっけ？」

「んー……結局、皿に顔を突っ込んで食べていた気がするね」

「あぁ、あの子はその辺、雑だったからなぁ」

「その辺は白狼族の性質を継いでいたんじゃない？」

「おい、白狼族について誤解が生まれるだろう。俺たちは雑なんじゃない。鷹揚《おうよう》なんだ」

「どうだか」

ラトが呆れたように肩をすくめる。ナイトの言葉も冗談めかした感じがあって、白狼族があまり作法《さほう》を気にしない性格なのは間違いないようだ。

それにしても、父の話は少し気になる。スノウが生まれた時にはもういなかったから、どういう人なのか知らないのだ。

「僕の父様は、雑な人だったの？」

「ほら、見ろ。ラトのせいでロンドが誤解されてしまったじゃないか」

「私のせいかな？　間違ってはないだろう。雪豹にしては大雑把な性格だったよ。社交的なところもあって……里に引きこもる性質が多い雪豹の里で、早々に番《つがい》を作るとは思わなかったなぁ」

ラトが過去を思い出すように目を細める。ナイトも同様だ。

「父様のお話、もっと聞かせて！」

食事も忘れてねだると、ラトが微笑んで頷いた。

すぐさまアークにお肉を差し出されて、スノウは食事を続けることになったけど。

（食べるよ。ちゃんと食べるから、もう少しお話に集中させて！）

スノウが食べると、アークが満足そうにする理由がよく分からない。アークは人に食べさせるのが好きすぎる。

「ロンドはね、生まれたときからあまり身体が強くなかったんだ」

「強くない？」

「病弱だったということだよ。でも、凄く明るい子でね。すぐ寝込んでしまっていたけれど、弱音も吐かず、精神的には凄く強い子だった」

愛しげなラトの眼差し。隣のナイトも微笑みを浮かべていて、父が愛されて育ったことが伝わってくる。

スノウも胸がぽかぽかしてきて微笑んだ。今まで明確にイメージできなかった父という存在が、ぐっと近くなった気がする。

「――成年になってすぐに、雪豹の里に移住すると言って出ていった。私は寂しかったけれど、ロンドの将来を思うと、その決断は当然だったんだろうな。私以外同族がいない白狼の里では、ろくに番《つがい》を探せないし」

「そうだな。白狼ばかりの里に、思うところもあったんだろう。雪豹の里で楽しく過ごしてると聞いて安心した」

成年になってすぐということは、ラトたちと父が共に過ごしたのは三年ほどなのか。思ったよりも短い。

「……それで、母様に出会ったんだよね？」

「そうだね。私は何度かしか会ってないけれど、ミルは魅力的な女性だった。雪豹らしい優美《ゆうび》な見た目で優しくて、それでいてとても芯が強い感じで」

「母様はとっても優しかったし、里でも狩りが上手いって評判だったんだよ！」

ミルとは母の名前。大好きな母を褒められて嬉しくて、つい誇らしげに語ってしまう。

それを、ラトもナイトも楽しそうに聞いてくれた。もちろん、アークたちも。

「——ミルの妊娠が分かってすぐに、ロンドが体調を崩して亡くなってしまった時は、どうなることかと思ったよ。何度か白狼の里に来ないかと誘ったんだけどね。やはり同族に囲まれている方が良かったのかな。断られてしまった」

「父様、そんなすぐに亡くなったんだ……。でも、母様は『里のみんなが助けてくれるから、苦労なんてしてないのよ』って言ってたよ」

「そう……それなら良かった」

ラトが微笑む。

スノウも父に会えなかったことは寂しいけど、その分、母や里のみんなにたくさん愛情をもらったからあまり気にしていない。

「……スノウ、ご飯食べないのか？」

「あ、食べる！」

話に集中しすぎて、アークを無視する感じになってしまっていた。

差し出されたお肉を食べ、パンを掴む。手で掴めるものなら、スノウ一人でも食べられる。手が上手く使えるようになるまで、しばらくはサンドイッチ系を食事にしてもらおう。

「……スノウ様も、きっとすぐに大きくなるんでしょうねぇ」

「陛下、独り立ちしたいと言われたらどうしますか？」

しみじみと呟くルイスに続いて、ロウエンがニヤリと笑う。アークの片眉が跳ね上がった。揶揄《やゆ》しているように聞こえたからだろうか。

「……そんなこと、許すわけがないだろう」

「独り立ちって、アークから離れて住むこと？　僕、強い大人になりたいけど、アークから離れたくはないなぁ。父様みたいに、番《つがい》を探す必要もないんだし」

「スノウ……！　あぁ、ずっと俺の傍にいれば良い」

本心を何気なく呟いたら、アークが感激したように微笑んで抱きしめてくる。嬉しいけど、食事中にそんな振る舞いをするのは、お行儀《ぎょうぎ》が良くないと思う。

◇

和やかな雰囲気で晩餐会《ばんさんかい》が終わり、スノウはアークと共に部屋に帰ってきた。

湯浴《ゆあ》みをして寝る支度を整えた頃には、二人っきりだったときになんとなく気まずくなっていたことも忘れて、ソファに座るアークに抱きついてしまう。

「っ、スノウ、急に来たら驚く」

払いのけられはしなかったけど、背中に手を回してくれなかった。目が合うこともない。たったそれだけのことで、アークとの間にできた距離を感じた。

(抱きつくのはいけないこと？)

晩餐会《ばんさんかい》の前に、スノウを膝にのせておしゃべりしてくれたときは、アークが我慢してくれていたのだろうか。心の中では嫌だと思っていたのだろうか。

さっきの晩餐会《ばんさんかい》では、アークの方から抱きしめてくれたのに。

「……ごめんなさい」

謝罪がこぼれ落ちた。

アークに嫌われたくない。そんなことを考えるだけで、広い世界でひとりぼっちになってしまったような気分になるから。

しょんぼりと肩を落としながら、スノウはアークから離れる。

「いや……怪我《けが》をしないよう、気をつけてくれたら、いいんだ……」

伸びてきたアークの手が途中で止まり、そのままおろされたのを見て、ズキッと胸が痛んだ。

アークがどんな表情をしているか、見る勇気がなかった。

(抱きしめても、くれないんだ……)

獣型のときは、たくさん抱きしめてくれた。アークの腕に抱かれるのが、何よりも幸せだった。

スノウが人型になったからダメなんだろうか。

でも、晩餐会《ばんさんかい》のときも、これまでと変わらないような愛情を向けてくれた。つまり、人型が問題ではないということなのか。

アークの態度の変化の原因を考えて、ふと思い浮かんだのは距離感だ。

(二人きりの時に抱きついたり、キスしたり——そういうのがダメってことなのかな?)

人型になってから、そういう行為の際に、アークから戸惑いのような感情が伝わってきた。

それ以外のときは、いつも通りのアークでいてくれる。

(アーク……もしかして、もふもふ毛に触れるのが好きで、抱っことかキスとかしてたのかな?)

それならば、人型のスノウに触れたがらないのも納得できる。とても寂しくて、悲しいことだけど。

スノウにとっては、人型の方がアークの体温をはっきりと感じられて好ましい。

でも、アークはそうではないのだ。

（抱きつきたいときは、獣型になればいいのかな……）

頭を悩ませるスノウに気づいているのか、いないのか。アークが穏やかな声で話しかけてくる。

「スノウ、そろそろ寝た方がいい。疲れただろう？」

「うん……。アークは、どうするの？」

言外に『一緒に寝るでしょう？』と伝えてみたつもりだ。

ずっとアークと一緒に寝ているのだから、それが当然のはずだった。アークの態度の変化を考えなければ、改めて尋ねる必要もないことだったのに。

アークを見つめる。スノウが大好きな夕陽色の瞳に葛藤《かっとう》が浮かぶのが分かって、心が締め付けられるような心地がした。

（一緒に寝るのも、ダメなの……？）

アークが何事かを告げようとするのを遮るように、スノウは口を開いた。

「僕、獣型で寝てもいいよ！　それなら、アークも一緒に寝てくれるでしょ？」

お願い、頷いて――という思いを籠めて見つめる。アークの目が丸くなった。

「は？　あ、いや、別に、獣型である必要はないが……」

「そうなの？」

予想外の返事だった。

つまり、獣型でも人型でも、アークにとっては変わらないということなのか。そうなると、アークが何を考えているか、全然分からない。

「俺が、スノウの人型を認識してしまった時点で、どちらでも変わらないしな……」

アークがボソリと呟く。その表情は苦悩で歪んでいるように見えて、スノウも苦しくなった。

「……アークは、僕の人型が嫌いなの？」

思わず問いかけていた。我慢がきかなかったのだ。アークの目を見られない。どんな表情を浮かべているのか、知るのが怖かった。

「まさか！　そんなわけがないだろう」

「本当に？」

即座に否定が返ってきたことにホッとした。でも、それならどうして、と疑問が浮かぶ。

勇気を出してアークを見つめたら、すぐに視線を逸らされた。

（ほら……僕を見てくれないじゃん……）

むぅ、と拗《す》ねてしまう。子どもっぽい仕草だと分かっていたけど、理解できないアークの態度に振り回されて疲れてしまい、堪えることができなかった。

「まだ、慣れていないだけだ」

「僕だって慣れてないよ。でも、避けるのは違くない？」

「避けているわけじゃない……」

問い詰めたら、アークが唸るように答えながら頭を抱えた。

スノウはこうして言い争って、アークを責めているのが悲しくなってきた。どうしてこんなことになってしまったんだろう。せっかく人型になれたのに。

「……アークは人型の僕と一緒にいたくない？　獣型だったらいい？　それだけ、教えて」

アークの答えで、これからのことを決めよう。

アークが僕を嫌っているんじゃなくて、人型なのがダメだと言うなら、この先ずっと獣型で過ごすことにする。残念だけど、アークと離れるよりは、その方がいい。

勢いよく顔を上げたアークが、スノウを凝視《ぎょうし》した。悲しみのあまり目を潤ませるスノウに気づいて、ゆっくりと首を横に振る。

「スノウと一緒にいたい。獣型でも、人型でも、スノウの好きにしたらいい。ただ……」

「ただ？」

目を逸らそうとするアークを引き止めるように、スノウはアークの頬《ほお》を両手で挟んだ。

じぃっと見つめるスノウに対し、アークはウロウロと目を彷徨《さまよ》わせる。こんなアークを見るのは初めてだ。

「……嫌じゃないんだ。ただ、絶対に今のスノウに向けてはいけない衝動《しょうどう》が湧いてくる気がして——」

「ショウドウ……？」

「自分の理性を信じられないようにも思えて――」

「リセイ……？」

よく分からない言葉が続いているけど、アークが必死にスノウの誤解を解こうとしてくれている気持ちは伝わってきた。

「俺はスノウを守りたいのに、傷つけてしまいそうだ……」

苦々しい口調でそう言ったアークは、なんだか泣きそうだった。

スノウはきょとんと目を丸くして、首を傾げる。なんだか、スノウが不安に思っていたことは、まったくの見当違いだった気がしてきた。

「アークは僕を傷つけることなんてしないでしょ」

そんなことは、ずっとアークに守られてきたスノウが一番よく知っている。

なぜアークがそれを忘れてしまうのか不思議だ。

スノウの言葉を聞いたアークは、何かが喉に詰まったようにグッと喉を鳴らした。

「……信頼が、これほど刺さる日が来るとは思わなかった」

「んん？　どういうこと？」

「いや……スノウがそう思ってくれているのは嬉しいんだ。信頼されていると思えば、より理性が保たれる気もするしな」

何かに納得した様子で――というより無理やり自分にそう思い込ませようとしている様子で、アークは目を伏せた。

スノウが何も理解していないのに、アークが話を終わらせようとしている気がする。ムッとして、頬《ほお》を挟む手の力を強めた。もっとちゃんとスノウを見てほしい。

「よく分からないけど、アークは僕が人型でも、これまで通りに愛してくれるってこと？」

「うぐっ……ああ、約束する」

何故か遠い目をしながら、アークが小さく頷いた。

「そっか。それなら良かった」

納得しきれたわけではないけど、今後のアークの様子を見て考えよう。パッとアークの頬《ほお》を離し、スノウは両手を広げた。

「じゃあ、僕のこと、ぎゅうってしてくれる？」

「……もちろん」

躊躇いがちに伸びてきた腕に身を預けながら、少し拗《す》ねる。

やはり、今まで通りとは思えないのだ。

理解できないアークの思いに配慮《はいりょ》するのが面倒くさくなって、スノウはアークの膝に座り、頬《ほお》に擦りついた。

アークがビクッと身体を震わせたのに気づいたけど、知らないフリをしながら抱きしめる。

「……アークは僕を傷つけるかも、って言ったけど」

「あ、ああ……それより、耳元で話すのはやめようか」

制止されても、スノウはそんな言葉に従う気にならなかった。今日のスノウは悪い子なのだ。困らされた分だけ、アークをいじめたい気分だった。

「僕、アークにならら、傷つけられてもいいよ」

「っ！」

「痛いのは嫌だけど、それでアークが僕の傍にいてくれて、抱きしめてくれるなら。あ、キスもしてほしい。おやすみのキス、する？」

まだしてなかった、と思いながら顔を覗き込んだら、アークは今までに見たことがない表情をしていた。

目が熱くギラギラとしていて、眉間《みけん》にシワが寄っている。噛みつかれそうな表情なのに、不思議と怖くなかった。

「……本当に、勘弁してくれ」

アークは唸るようにそう言いながら、スノウの額に優しくキスをしてくれた。

(ほら、やっぱり、アークは僕を傷つけたりなんかしないんだよ)

スノウは嬉しくなって微笑む。

おやすみのキスのお返しを頬《ほお》に贈ると、アークが何かを諦めたように大きく息を吐いた。

「──スノウ、ひとつだけお願いしてもいいか」

「なぁに？」

「スノウの人型に慣れるまで時間がかかりそうだ。だから、変な態度をとっても気にしないでほしい。俺がスノウを愛していることは、変わらないんだ」

愛している、と言われたことに、胸が温かくなった。

まだ不安は残っているけど、アークがそう言ってくれたから、少しは頑張れそうだ。

「うん、分かったよ。僕もアークのこと大好きなんだって、忘れないでね？」

「っ、ああ……もちろんだ」

早く前みたいに心置きなく想いを伝え合えたらいいな、と思いながら、スノウはアークに身を預けて目を伏せた。


その後、躊躇うアークを遠慮なくベッドに引きずり込んで、寄り添って眠った。アークから悶々《もんもん》としている気配を感じたけど、気にしないことにする。

スノウが最も安心できる体温を感じれば、自然と目蓋《まぶた》は重くなり──いつの間にか眠っていたようだ。

◇

目を開けてぱちりと瞬《またた》く。アークの寝顔があった。

(散々抵抗してたけど、寝れてるね)

静かな寝顔に、ふふっと密やかに微笑む。

スノウはたまに見ることができるアークの寝顔が好きだ。一緒に眠れることの幸せを感じるから。

まだ夜中に近い時間帯のようで、部屋はほのかな間接照明があるものの薄暗い。

そっと部屋に視線を向けながら、スノウは眠りの中で出会った光景を思い出した。

「――母様と父様の夢、見た……」

父がどんな姿なのか、実際に見たことはない。

でも、母の隣に寄り添っていたのは父だと思う。スノウと同じ金の瞳の雪豹だった。

仲睦まじい二人の姿を夢に見たのは、晩餐会《ばんさんかい》で父の話を聞いたからだろう。夢であっても見ることができて嬉しい。

それに、母が亡くなったのは今でも寂しいけど、天国で父と一緒に幸せに暮らしている気がして、少しホッとした。

「んー……まだ暗いなぁ」

こっそりと身を起こして、ベッドから滑り下りる。

窓のカーテンから外を覗くと、空に星が輝いていた。

前に流れ星に願い事をしたことを思い出す。

そのときは三度願いを呟くことはできなかった。母との再会は元々無理な願いだからだと思う。

でも、アークとずっと一緒に過ごしたいってお願いは、叶えてくれても良いんじゃないかな、と思うのだ。

目を凝らして流れ星を探す。

今度こそ三度願いを呟くのだと意気込んでいたけど、なかなか見つからない。

(そんなことってある？)

躍起《やっき》になって空を見上げていたら、ふわりと身体が温かいもので包まれた。

「身体が冷えるぞ。毛がないんだから」

毛布《もうふ》とアークの腕に包まれていた。起こさないつもりだったけど、気づかれてしまったみたい。

「……毛はあるもん」

髪の毛を引っ張って主張すると、軽く笑うように空気が揺れた。アークの笑いのツボに刺さったらしい。

「っ、そうだな。その毛はあった」

「アークの方が寒くない？」

「俺は慣れているからな。……スノウが起きて、ベッドに一人で残されている方が寒い」

「そっか、僕の体温がなくて起きちゃったんだね！」

確かに、スノウもアークの体温に慣れすぎて、ないと寂しくなる。アークも同じように感じていたのだと分かって嬉しくなった。お互いがお互いを必要としているなんて、素敵な関係だと思う。

流れ星を探すのを潔く諦めた。今はアークを寝かしつけるのが優先。スノウは体温が高めだから、冷えたシーツもすぐに温まるはずだ。

それに、願い事を流れ星に叶えてもらうのは、ちょっと他力本願かなと思えてきた。

アークを幸せでいっぱいにすると決めたのはスノウなのだから、自分の力でアークとずっと一緒にいられるように努力しないと。

「アーク、あのね――」

「うん？」

冷めてきていたシーツに身を横たえて、アークの胸に抱きつく。寝転がると顔を近づけやすいから、結構お気に入りだ。

昨日、スノウの人型に慣れるまで時間がかかると言っていた通り、アークが一瞬身を引く様子を見せたけど、スノウはもう気にしない。アークがスノウを嫌っているわけではないと、もう分かったから。遠慮する必要はないのだ。

「僕、アークとずっと一緒にいられるように、がんばるからね」

「スノウが頑張らなくても、俺が離さないが」

「それでも、がんばるの。一方だけの思いで、良好な関係は、作れないんだよ。僕は、アークに、たくさん愛情を、もらってるから。僕も……たくさん……愛情を返すの……」

二人の体温で温まり、だんだん目蓋《まぶた》が重くなってきた。思考がまとまらなくて、ちゃんとしゃべれているか分からないけど、スノウの決意は伝わっただろうか。

ふとアークの身動ぎを感じとる。額の辺りに唇を押し当てられる感触があまりに幸せで、スノウは目を閉じたまま微笑んだ。

「……そうだな。二人でゆっくり愛情を深めていけばいい。俺はいつだってスノウを愛してる。——おやすみ、俺の可愛い運命」

「……おやすみ、ぼくの、だいすきな、うんめい……」

ポツリと呟いたところで、意識が沈んでいった。

今度は、アークとの幸せな夢を見られそうだ。

◆

朝。

アークは寝ぼけた頭で目を閉じたまま、慣れたふわふわを探して手を彷徨《さまよ》わせる。

触れたのは、いつもと違う艶やかな質感で、少し冷えた毛だった。

「？　……っ！」

何に触れているのか、気づいた瞬間にアークは目を見開き跳ね起きる。

白い枕の上に、濃灰色の艶やかな髪が散らばっていた。ふわっとしているが、アークが見慣れているものではないのは、一目瞭然である。

「んぅ……」

スノウが眉間《みけん》を寄せて、淡い赤色の唇を動かした。

アークが身体を起こしたのと同時に、掛け布団がズレてしまったせいだろう。

起きるほどではないが、寒そうに身動ぎする姿が可哀想で――どこか色気があるように見える。

そんなことを思ってしまったことを自覚して、アークはきつく目を瞑《つぶ》り、頭を抱えた。

大人としてあまりにも駄目な思考である。子どもに対して抱いてはいけない思いだ。たとえその相手が、獣型の頃から惹かれてやまない運命の番《つがい》であったとしても。

……ちなみに、自省する前に、スノウには布団を掛け直している。

頭を隠すほどに深く布団を掛けてしまったのは、決して己の理性が信用できなかったからではない。ただ、『目に毒だ』と感じていたのは事実である。

「はぁ……」

朝には相応しくない、重いため息だった。

(幸せすぎて辛い)

心の中でポツリと呟きながら、そっとスノウの様子を窺った。

もぞもぞと身動ぎしている。頭まで掛け布団で覆われて、苦しいのかもしれない。

だが、調整してやろうと伸ばした手が、ピタリと止まった。

……先程は、嘘をついてしまった。やはり己の理性は信用できない。

「う……ぷぁ」

アークが動けないでいる間に、掛け布団からひょっこりと耳が生えた。――と思ったら、小さな顔も出てきた。

苦しそうに息継ぎする唇の動きに視線が引き付けられる。白い頬《ほお》が上気していて、淡いピンク色に染まっていた。触れたら柔らかそうだ。

アークは思わず息を呑んで固まり、スノウを見下ろした。やましいことは何もしていないが、思考を読まれていたなら、咎《とが》められても仕方ないとは自覚している。

「んん……アーク……」

金色の瞳がゆっくりと瞬《またた》く様を、アークはじっと見つめた。まるで、宝の山の中に一等美しい宝石を見つけたかのような感動がある。

そんな妙なる美しさを秘めた瞳が、アークを捉えて嬉しげに細められる。幼げなまろい頬《ほお》に微笑みが浮かび、小さな口がアークの名を甘い響きで呼んだ。

そのあまりに甘美《かんび》な光景に、身体が震えるような心地がする。

——こんなに愛らしいものをこのまま見続けて、己は暴走しないでいられるだろうか。

かろうじて残っていた思考が問いかけてきて、アークは勢いよく目を逸らした。

わざわざ言葉で否定する必要もない。その答えは、アーク自身がよく分かっているのだから。

「アーク？」

先程よりもはっきりした声で呼びかけられて、ハッと息を呑んだ。

昨晩、アークの態度がスノウを不安にさせたと自覚している。だからこそ、なんとかこれまで通りの態度を装おうと決めていたのに、早々に誤解を招きかねないことをしてしまった。

「……おはよう、スノウ」

ゆっくりと視線を戻す。大丈夫だ。

まっすぐに顔を見なければ、ある程度冷静に対応できる。

——そう思ったのに、寝間着の襟元から窺える細く白い首筋に気づいた瞬間、息が止まった。

新雪のように汚れない張りのある肌。そこに赤い跡を刻めたなら、どんなに喜ばしいことだろう。

独占欲が満たされることを思って、笑みがこぼれそうになった。

「グッ……」

「アーク⁉　頭痛いの？」

愚かな思考を止めるため、蹲《うずくま》って頭を抱える。なんということを考えているのだ。おぞましい。

スノウが心配してくれているのは分かっているのに、取り繕《つくろ》う余裕がなかった。

「コンコンコン」

「あ、ルイス！　アークが体調悪いみたいで――」

存在を主張するようにノック音を声で表現したルイスに、スノウが懸命に訴えかける。

ルイスが「なるほどー」「はい」「わぁお」という相槌《あいづち》を打って聞き流しているのを考えると、アークがおかしな態度をとっている理由をルイスは理解しているのだろう。

生温かい視線を感じるのは、勘違いではないはずだ。

心の中で大きくため息をつく。スライムにまで憐れまれるのはなかなかに業腹《ごうはら》だ。魔王として情けない。

「スノウ」

「なに？　お水飲む？」

呼びかけた途端、スノウがルイスとの会話をピタリと止めて、気遣わしそうな眼差しで見つめてくる。

その姿は見慣れないのに、一心にアークを見つめてくる瞳は獣型のときと変わらなかった。なんとも愛おしいものだ。

「いや、大丈夫だ。心配をかけて悪かった」

「ううん。アークが大丈夫ならいいんだけど」

じぃと見つめてくる姿から、目を逸らしそうになるのを根性で耐えた。これ以上、誤解を与えたくない。

なんとか理性を強く持って、スノウを目で愛でる。人型のスノウも、獣型のときと変わらず愛らしさでいっぱいだ。

そう改めて思い、アークは目を細めた。

この姿をたくさんの者に晒《さら》して、大丈夫だろうか。うっかり攫《さら》おうとする者がいようものなら、アークは人目も憚らず、ソレを八つ裂きにしてやる自信がある。

「……魔王としてあってはならないが、な」

「アーク、何か言った？」

ルイスに促されて朝の着替えをしようと立ち上がっていたスノウが、アークの声を聞いて振り返る。幸い、内容までは理解できていないようだ。

「いや。――スノウ、今日の予定は？」

「予定？　うーん……おばあ様たちとお話するかなぁ」

魔王としての執務が山積みのアークとは違って、スノウに決まった仕事はない。

首を傾げつつも楽しそうに話すスノウを見て、アークは思わず眉を寄せた。

おばあ様たち、というとスノウの祖父のナイトも含まれるのだろう。ナイトはスノウの裸を凝視《ぎょうし》しやがったケダモノである。

「……ラトはいいが、ナイトは追い出せ」

「なんで？」

きょとんと目を丸くするスノウから、咄嗟に目を逸らしてしまった。

視界の端で、スノウが白い頬《ほお》をプクッと膨らませているのが見える。

怒った表情まで可愛らしいとは、これいかに。特別保護対象として、大切に部屋に閉じ込めておくべきではないだろうか。

真剣に悩んでいたアークに、ルイスの冷たい視線が突き刺さる。

「陛下。そろそろ朝食のお時間では？」

「あ、ああ、そうだな」

「アーク、答えをもらってないよ！」

支度をしなくては、と思いながら動き始めたアークの袖を、スノウがぎゅっと握って捕まえる。

反射的にスノウを見下ろしたアークは、ツンと尖った淡い色の唇に目が止まり、『キスをねだられているみたいだな』と思ってしまった。

そして、すぐにその思考を叱りつける。やはり駄目な大人だ……

「ねぇ、アークってば！」

ゆらゆらと腕を揺らされて、なんと答えようか迷う。止める前に漏れてしまった本心を、どうすれば繕《つくろ》い隠せるだろうか。

黙るアークを見つめるスノウの目が、次第に潤んできている気がする。

言い訳させてもらえるなら、アークはスノウに隠し事をしようと思っているわけではないのだ。大人として情けない愚かな姿を知られて、幻滅《げんめつ》されたくないだけである。

そんなことを告げることこそ、アークとしては許せないこと。アークはいつだって、スノウに『カッコいい』と思ってもらいたいのだ。

「スノウ様、よろしいですか？」

気まずい沈黙をフォローするように、ルイスが小さく手を上げた。

「……なぁに」

不満げにしながらも、スノウがルイスに視線を移す。

「陛下は本当はスノウ様を独り占めしたいのですよ」

「……独り占め？」

細くなっていた金の瞳が丸くなった。思いもよらないことを言われた、という様子でルイスを見つめている。

「はい。とはいえ、スノウ様は閉じ込められるのはお嫌でしょう？」

「うん、もちろん」

当然のように頷くスノウを見て、『嫌なのか……』と少ししょんぼりとしてしまったのは秘密である。スノウが少しでも迷う様子を見せたなら、言葉で丸め込んで実行する腹積もりだったのに。

そう考えたところで、ルイスの目がじっと見つめてきていることに気づいた。

スライムのくせに、察しが良すぎないだろうか。主人であるスノウを心から思っているからこその危機感が働いたのかもしれない。

番《つがい》として、スノウを脅かす者だと見做《みな》されるのは腹立たしいが、大きな声で否定できないのは事実だった。

「……陛下の独占欲がお許しになれるギリギリが、ラト様なのです」

「おじい様はダメなの？」

「雪豹族ではないですからねぇ」

「でも、おじい様だよ？」

理解できていないスノウを眺めながら、アークは僅かに首を傾げた。

同族である竜族にも、近い血縁にも心を許さないアークにとって、『おじい様だから』とナイトを信頼するスノウの感覚は理解できない。所詮《しょせん》は他人なのに。

そう思っても、言葉にして言うのは駄目だという認識はあった。アークにはアークの考え方があるように、スノウにはスノウの感じ方がある。

「陛下にとっては縁遠い方ですからね。ラト様はスノウ様と同じく雪豹族ですが、ナイト様は違いますし」

「うーん……。アーク、本当にそう思う？」

まっすぐに見つめられて、アークは返答に迷った。

頼りがいのある男としての余裕を見せるなら、「少し気になるが、スノウの望む通りにしたらいい」と答えるのが正解であろう。

だが本心で言うなら、「ラトに会わせるのだって本当は嫌だ。ルイスがギリギリ」である。ルイスの認識だって甘いのだ。

絶対にスノウが理解できないだろうとは分かっているから、口に出すことはしない。

「……ナイトに触れないなら、共に過ごしてもいい」

スノウの問いとは少しズレた答えをしたが、これで納得してもらうしかない。

正直に答えてあまりの狭量《きょうりょう》さにドン引きされるのは嫌だ。スノウに嘘をつくのは最も避けたいことである。

「……そう？　分かったよ」

アークから明確な理由を答えてもらえなかったことに、スノウは不満そうだった。

だが、ため息ひとつでその感情を飲み込んでくれたようだ。

そんなことをさせてしまう己が不甲斐《ふがい》ないと思いながらも、すべてを詳《つまび》らかにするつもりはなく、アークは目を逸らした。

◇

なんとなくぎこちない雰囲気でスノウと朝食を済ませた。

いつもならアークの心を癒やしてくれる至福の時間だというのに、スノウの人型の姿に動揺《どうよう》して、いつも通りでいられない己が情けない。

朝から——むしろ昨日から続く反省を引きずったまま執務室《しつむしつ》に向かうと、椅子に座った途端に大きなため息がこぼれた。

「はぁ……」

「なんです？　朝から随分と辛気《しんき》くさい顔ですね。昨日もでしたけど」

アークを視線で追っていたロウエンが、嫌そうな声で尋ねてくる。

その冷めた顔を見て、なんだか心が落ち着いてきた。どうでもいい有象無象はアークの心を乱さないから楽だ。アークの心を動かすのは、スノウに関することだけである。

「スノウが可愛すぎて辛い」

「脳細胞死滅しました？　あなた、そんなことを言うタイプでしたっけ？」

マジマジと見つめられる。その顔に『これ、陛下の偽物ですかね？』という疑問が浮かぶのを、アークは半眼で睨んだ。

自分らしくない態度であることは、アーク自身がよく理解している。それでも、どうしようもない感情を持て余してしまっているのだ。

「はぁ……」

「ため息をつきたいのは私の方なんですけど」

呆れたように呟きながらも、ロウエンが首を傾げて考え込む。

「――随分と重症のようですね。服を仕立てることで発散するのではなかったのですか？」

「服は仕立てる。仕立て屋は」

「すでに手配しております」

昨日の今日で、仕事が早い。さすがロウエンである。

頷くアークを眺め、ロウエンが肩をすくめた。

「今日の午後来るそうなので、それまでにある程度仕事を片付けてください。スノウ様が寝る前に顔を見ることができなくなりますよ」

「……それも、いいのかもしれない」

「は？」

ロウエンから『この男、何を言ってやがります？』と言いたげな視線が突き刺さる。

アークだって、四六時中スノウと一緒にいて愛でたい気持ちはあるのだ。だが、今は自分を抑えきれる自信がない。ケダモノになるなんておぞましい。

そんなことになるくらいなら、スノウの寝顔をそっと眺めて過ごしたい。さすがに寝ている番《つがい》を襲うなんてことはしないはずだから。

実際、昨夜は腕の中で眠るスノウに天国と地獄を味わうような気分だったが、一切よこしまな手を出さずに過ごせた。

（スノウは『傷つけられてもいい』なんて言っていたが……）

昨夜のスノウの殺し文句を思い出して、机にガンッと額を打ち付ける。

「陛下、机が壊れるのでやめてください」

「……少しくらい俺の心配をしろ」

もちろん、机より強い自信はあるが。——なんてことを考えて、何故机と張り合っているのかと情けなくなった。

ロウエンが言っていた通り、今日のアークはおかしいのかもしれない。

「何をそんなに悶《もだ》えてるんです？　気持ち悪いんですけど」

正直すぎる感想をこぼしながら、鬱陶《うっとう》しそうに目を眇めるロウエンを、アークはじとりと睨んだ。

「……お前は愛する者に『あなたになら傷つけられてもいい』なんて耳元で囁かれたら、どうする？」

「されたんですか」

ロウエンが真顔になった。アークも真剣な面持ちで頷いた。

「――なるほど。なんとなく分かりました。スノウ様は無自覚に男を悩殺《のうさつ》するタイプなんですね。あのご容姿だけでも凄まじい効果がありますのに、その言動とは……ある意味むごい気がします」

「俺の苦しさを分かってくれたか」

「まぁ、多少は」

涼しい顔で頷くロウエンを、アークは胡乱《うろん》に眺めた。本気で共感してくれているのか疑わしい。

「……それで、お前ならどうするんだ」

はぐらかされた問いを改めて聞き直す。

ロウエンは「そんなに気になります？」と呆れながらも、少し考えるように宙に視線を投げた。

「そうですねぇ。……『では、遠慮なく』と食らってやりますね」

「最低だな」

「むしろ、誘いを断る方が失礼でしょう」

しれっとした顔で言うロウエンを、アークは半眼で睨んだ。おそらく想定している相手が違いすぎる。

「……スノウは誘ったわけじゃない」

「それはそうでしょうね。もし陛下がスノウ様を襲っていたら、今頃私は陛下のことを軽蔑《けいべつ》していました」

「おい」

さっきと言っていることが違う、という意味を込めてアークが咎《とが》めても、ロウエンは一切気にしない様子でフッと笑うだけだった。

「普通に考えて、運命の番《つがい》相手なら、相手の幼さなんて考えずに手を出しても仕方ないことなんですけどね」

「俺を下劣《げれつ》な男にするな」

魔族の常識では、運命の番《つがい》という抗いがたい魅力を前に、欲望を抑えることの方が不自然なのだ。そんなことはほぼ無理と言ってもいい。

一度も肉体関係を結んでいない状態なら、互いに理性を失くして求め合うのが、運命の番《つがい》として当然のこと。

それによって、相手に自分の香りをまとわせてようやく心が満たされ、安心できる。自分のものにできたと確信できないと、傍を離れることなんてできない。誰かに奪われてしまったらと恐ろしくなるから。

(俺の場合、出会ったときが幼すぎたからな……)

まだ赤子を少し過ぎた程度の幼いスノウを思い出して、アークはふぅと息を吐いた。

丸ごと食べてしまいたくなるほどの愛らしさに、アークは庇護《ひご》欲《よく》をそそられた。だが、スノウのすべてを支配したいという思いが湧いたことも否定できない。

それは運命の番《つがい》という以前に、竜族としての性だった。竜族は番《つがい》に対しての独占欲が強く、わがままな生き物なのだ。

とはいえ、アークは竜族の中でも、あるいは魔族全体で見ても、非常に理性的なタイプだった。

だから、幼い番《つがい》をひたすらに愛でるだけで、傷つけることなくこれまで過ごしてこられたのだ。

もちろん、スノウの身体がアークのほんの少しの力でポキリと折れてしまいそうなほど小さく華《きゃ》奢《しゃ》であることに慄《おのの》いていた、というのも理由のひとつである。

スノウがもう少し体格が良いタイプだったら、今頃性的な意味で食らっていた可能性は否定できない。

アークは『今襲ったら、間違いなく殺してしまうな』と考えて、その恐ろしさに立ち止まることができたのである。番《つがい》を失うなんてことを考えるだけで、絶望感で心が死にそうだ。

(まぁ、長々といろんなことを考えたところで、今はまだ手を出せないということに変わりはないんだがな)

ぼんやりと宙を眺めて考える。

とりあえず今は、スノウを傷つけないよう、態度を取り繕《つくろ》えるようにならなくては。

「あぁ、そういえば――」

アークの態度を気にせず、仕事を再開していたロウエンが顔を上げた。

「なんだ?」

「スノウ様のためにお仕立てになる服、仕立て屋に持って来させるデザイン画のイメージを、露出度高めで頼んでおいたのですが」

「お前は俺を殺す気か？」

本気で疑問に思った。

何故そんなことをしたのか、ロウエンの体を揺さぶって問い詰めたい。

「いえ。最初から露出度高めだったら、脱がす気にならないのではないかと思いまして。きっちりとした禁欲的な服の方が、乱してやりたくなりません？」

「お前の趣味は知りたくない」

「いえ、私の趣味では……あるような？」

「どっちだ」

否定するのかしないのか、はっきりしろ。

ため息交じりでアークがそう呟くと、ロウエンはフフッと笑って誤魔化した。

「私の趣味はともかく、陛下もお好きでしょう？」

「『も』と言っている時点で、白状しているようなものだぞ」

「そんなことはどうでもいいんです。露出度高めと、そうじゃないの、どっちがいいですか？」

「まだ言うか」

アークがじろりと睨んでも、ロウエンは微笑んで首を傾げて返答を待っていた。

「――……スノウに着せるなら、露出度がない方がいいだろう」

「なるほど。陛下はあからさまに色気がある服の方が惹かれるんですね」

「そんな話はしてない」

「白い肌を見ると、跡をつけてやりたくなるタイプなんでしょうね。独占欲の高い竜族らしいです。――あ、仕立て屋に修正をお願いしておきます」

アークの言葉を聞き流して、ロウエンが「先に作ってもらったデザイン画は、後々の楽しみにしましょうか」と愉快そうに笑った。

ロウエンと話していて、これほどまでに疲労感を覚えるのは初めてである。

(というか、全然悩みの解決にならなかった……)

まさに徒労。過ぎ去った時間の虚しさに、アークは大きなため息をついた。

◆

スノウは午後の時間を、ラトやナイトたちとお茶を飲みながら、楽しくおしゃべりして過ごした。

それなのに、なんとなく気分が晴れないのは、きっとアークのせいだ。

「むぅ……」

行儀《ぎょうぎ》が悪いと分かってるけど、テーブルに頰《ほお》をペタッとくっつけて脱力する。

ラトたちとのお茶会で使ったカップや皿を片付けていたルイスが、スノウをちらりと見てクスクスと笑った。

「どうしましたか？　ラト様方とは楽しそうに過ごされていたようだと思いましたが」

「……アークのこと、考えていたの」

ポツリと呟く。ルイスが手を止めて、真剣な表情をした。

「陛下、ですか？　何か嫌なことでもされましたか？」

「ううん。ただ……人型になってから、アークに避けられてる感じがして、悲しい……」

相談してみたら、ルイスは「あぁ……」と頷いてから首を傾げた。

「陛下はスノウ様のことが好きでたまらないだけなのだと思いますが」

「大好きだと、避けることになるの？」

ルイスが言うような感覚を、スノウはまったく理解できなかった。

スノウはアークのことが大好きだ。せっかく運命の番《つがい》だと分かったのだから、もっとたくさんの時間を一緒に過ごしたい。

そう感じるのが当然なのだと思っていた。

それなのに、アークはスノウを好きだからこそ、一緒にいたくないと言うのだろうか。

「スノウ様を愛していらっしゃるからこそ、傷つけたくないのでしょう」

「傷つける……。それ、アークも夜に言ってた」

そう言われた時、スノウは『アークにならば傷つけられても許せるだろうな』と思った。

それくらい、アークのことが好きだから。一緒にいられるなら、ちょっと痛い思いをするくらいはどうってことない。

その心のままをアークに告げたら、変な反応をされてしまったけど。

「――どうして、傷つけるって話になるんだろう？　アークが僕を傷つけるなんて、ありえないと思うよ」

「傷つける意図はなくても、必然的にそうなってしまうことがありますから」

答えたルイスが、少し考えた後に、椅子を引いて座った。腰を据えて話をしよう、ということらしい。

スノウも姿勢を正して、真剣に向き合った。

「必然的って、どういうこと？」

「うーん……。スノウ様は、番《つがい》が子を作ることを知っていますよね？」

「もちろん。おばあ様たちともちょっと話したしね」

詳しいことはもっと大きくなってから、アークに教えてもらえばいいんだ、とラトに言われた。スノウもまだ知るのは早いのだろうと思って、気にしないことにしている。

でも、それが今の話と関係あるのだろうか。

ルイスはまた「うーん」と悩んでいた。話す内容を吟味《ぎんみ》しているように見える。スノウはルイスを見つめ、じっと待った。

「……番《つがい》が子を作るための行為は、少なからず体力がいりますし、番《つがい》同士に体格差があると苦痛が生じることがあります」

「そうなんだ？」

ぱちぱち、と瞬《まばた》きをする。全然想像できないけど、ルイスが言うならばきっと間違っていないのだろう。

スノウはまだ成長途中で小さい。アークとの身長差は頭二個分以上ありそうだ。スノウは横幅もあまりないので、アークに包まれるとすっぽり隠されてしまうくらいの体格差がある。

「――僕たち、まだ子どもを作るつもりはないよ？」

スノウ自身が子どもなので、その未来はまだ遠いはずだ。だから、今アークとの体格差を気にする必要があるとは思えなかった。

きょとんとするスノウに、ルイスが困った感じで微笑んだ。

「そうですね。ですが、番《つがい》が愛を確かめ合う行為も、同じなんです」

「愛を確かめ合う行為……？」

「はい。行為の詳細は、私の口から話す許可を得ていないので、お教えできないのですが」

それが、ラトが言っていた『アークに教えてもらえばいい』という話なのかもしれない。スノウがまだ大人ではないから、教えてもらえないのだ。

少し不満だけど、ルイスが話を続ける様子を見せたので、黙って聞くことにする。

「――陛下は、スノウ様があまりに愛おしくて、スノウ様を見ていると、その『愛を確かめ合う行為』をしたくなる衝動《しょうどう》に襲われてしまうのです」

「衝動《しょうどう》……」

その言葉を、アークも言っていた気がする。

つまり、それがアークの考えていたことだと判断して良いということだ。

「――その衝動《しょうどう》に身を任せたら、体格差がある僕を傷つけてしまうかもしれないから、アークは困ってるの？」

「そうですね。それが大きな理由だと思います」

話の内容をなんとか自分の中で消化する。

分からないことはまだある。でも、アークがスノウのことを守ろうとした結果、『スノウを避ける』という状態になってしまっていることは理解できた。

「……でも、アークとずっとぎこちない感じになるのは悲しいよ」

「ずっとではないですよ。陛下がスノウ様の人型に慣れるか、理性を強化するか、あるいはスノウ様が無事成長された時には、そのような状態が解消されるはずですから」

「むぅ……いつになるの、それ……」

思わず唇を尖らせて不満を呟く。

最長でスノウの成年後、つまり一年半ほどはアークと前のようにくっついていられないということになる。長すぎる。

「ふふっ、大丈夫ですよ。陛下は凄い方ですからね」

「そりゃ、魔王なんだから、凄いのは確かだろうけど……」

それとこれとは話が違うのでは？　と思って首を傾げるスノウに、ルイスが「いえ」と首を横に振った。

「そのような意味ではなく。陛下はスノウ様への愛情が強いので、寂しがっていらっしゃるのを見れば、根性でどうにかしてくださるような凄い方だろう、という話です」

「根性」

あまりアークのイメージに合わない言葉だと思った。

でも、スノウのために頑張ってくれるのなら嬉しい。

僅かに微笑んだスノウを見て、ルイスが悪戯《いたずら》っ子のような笑みを浮かべる。

「ですから、スノウ様はお心のままに行動されたらいいのだと思いますよ」

「心のままに？」

「はい。陛下に抱きつきたいのなら抱きつけばいいですし、避けられて悲しかったらそれを伝えればいいのです。遠慮は必要ないでしょう。陛下はスノウ様のことであれば、すべてを受け止めてくださるはずですから」

じっとルイスの顔を見つめる。『自信を持って』と勇気づけてくれている気がした。

少しずつ気分が浮上してくる。

(そうだよね。アークは僕のこと愛してるんだって、言ってたもん。僕は僕らしく、アークと過ごせばいいんだ)

嫌われてしまうかもしれない、と悩む必要なんてないのだ。アークはスノウのありのままを愛してくれているはずなのだから。

スノウは「うん」と頷いて立ち上がった。

「じゃあ、アークが僕の人型に慣れられるように、僕も協力したい。少しでも早く、前のように一緒にいたいから」

「慣れられるように協力、ですか?」

不思議そうに首を傾げながらも、ルイスがスノウにあわせて立ち上がる。スノウはルイスの手を引っ張りながら、ニコッと微笑んだ。

「そう! いろんな僕を見せたら、アークは早く僕に慣れてくれるんじゃないかなって思って」

「はい?」

アークをスノウの人型に慣れさせる計画を実行するには、ルイスの協力が不可欠だ。

頭の中で様々なことを考えながら、スノウはひとまずクローゼットに向かうことにした。

◇

夜。

アークの帰りを待ちわびていたスノウは、ソファで眠ってしまっていた。

「ただいま。……スノウ？」

「申し訳ありません。陛下のお帰りをお待ちだったのですが、眠気に勝てなかったご様子で……」

意識の半分以上が眠りの中に沈んだ状態で、ぼんやりとアークとルイスの会話が聞こえてくる。

（アーク、帰ってきたんだ……起きないと……。『おかえりなさい』って言いたい……）

そう思いながらも、ルイスに掛けてもらった毛布《もうふ》がぬくぬくと温かくて、なかなか眠気が覚めない。

ルイスの華奢《きゃしゃ》な手が肩に触れたのを感じ、「んぅ」と声が漏れる。

「起こさなくていい。俺がベッドに連れて行くから、そのまま寝かせていろ。寝る支度は整っているんだろう？」

「はい。ご夕食も湯浴《ゆあ》みも済ませて、もうベッドに入るだけです」

「分かった」

背中と太ももの下に、アークの腕が入った。そのまま抱えあげられる前に、ルイスが毛布《もうふ》を受け取る。

「っ!?」

（うー、ちょっと寒い。人型って、寒さに弱いのかなぁ。あ、アークはあったかい）

スノウは傍にあるたくましい身体に抱きついた。それだけで、ぽかぽかしてくる気がする。

アークがビクッと身体を震わせた気がするけど、それはどうしてだろうか。

「……ルイス」

「はい、なんでしょう？」

わざとらしいほどに朗らかな返事をするルイスに対し、アークは大きなため息をついたようだ。

「この格好はなんだ」

「スノウ様ご希望の『いろいろな僕：もふもふバージョン』です」

「……なんだ、それは」

アークが呻《うめ》くように尋ねながらも、ゆっくりと歩き始めた。揺れを抑えた歩き方は、スノウの眠りを邪魔しないよう意識しているからだろう。

その優しさが嬉しくて、スノウは微睡《まどろ》みながらフフッと笑った。

「ご覧の通り、雪豹をイメージした、もふもふの白いパジャマの上下です。いやー、いつか着ていただけるかもと思いご用意していたものが、これほど早く日の目を見るとは、私も予想外でした」

（これ、触り心地がいいんだよ。僕の獣型に似た感じで、アークも慣れてるから安心するでしょ？）

今着ている服を思い出して、スノウはアークの肩にグリグリと額を押し付けた。これも獣型の時によくしていた仕草だ。

慣れた獣型と似た感じなら、アークも人型に慣れやすいのではないかと思って選んだのだ。

「……大きくないか？」

「そうですね。もう少し大きくなってからお召しになるだろうと思っていましたので。襟ぐりが開いて肩が見えそうですし、袖や裾も長いですけど……もふもふなだけあって温かいので、大丈夫でしょう」

「少しも大丈夫じゃない。こんなに肌をさらさせるな」

「あ、このような感じのものに、陛下は興奮してしまいます？」

「っ……エロスライム、口を閉じろ。下品だぞ」

アークの唸るような声の後に、パチッと何かがぶつかるような音がした。

うっすらと目を開けて窺ってみると、ルイスが口を手で押さえて塞《ふさ》いでいるのが見える。

「……アーク、ルイスをいじめないで」

「いじめてはいない。躾《しつけ》だ」

答えてから、アークがスノウを見下ろし、少し困った感じで眉尻を下げる。

「んー……まぁ、それならいいのかな？　……アーク、おかえりなさい」

「ただいま。それで、どうしてスノウは、そんな格好をしているんだ？」

ベッドに下ろされながら聞かれて、スノウは首を傾げてみせた。

「アークが僕の人型に早く慣れられるように、いろんな姿を見てもらおうと思って、選んだんだよ」

「……なるほど」

アークがなんとも言えない表情をしている。

「これ、アークは嫌？」

襟元を引っ張ってみたら、「こら、胸まで見えるぞ」と優しく叱られて、手を外された。

「……嫌いじゃない。スノウに似合っているとは思う」

「そっか！　それなら良かった」

アークの表情は複雑そうだけど、言葉に嘘はなさそうだし、少し喜んでいるようにも見えたから、スノウの計画は成功したと考えてもいいだろう。

「やっぱり、アークはもふもふしているのが好き？」

「は？　そういうわけではないが……」

スノウをベッドに寝かせて離れようとするアークの腕を引く。

途端に、アークが眉を寄せて迷った表情をしたけど、スノウは気にしなかった。愛されている自信があるのだから、これくらいのことは許してもらえると分かっていたのだ。

結局、根負けしたアークが、スノウの横に寝そべった。

「じゃあ、今後のお洋服を見て、アークが好きなものを教えてね」

「……今後の？」

アークの顔が僅かに引き攣《つ》った気がする。

どこかから、手では抑えきれなかった「ぶふぁっ！」という笑い声が聞こえてきたけど、スノウもアークも目を向けなかった。

「うん。たくさんのお洋服を着るから。アークが人型の僕に慣れられるように」

「……それは、その……あー……そうか……ありが、とう……」

「どういたしまして！」

アークがぐったりと枕に顔を突っ伏して呻《うめ》いている。

夜遅くまで仕事をして、疲れているのかもしれない。スノウが何かしてあげられることはないかと考えて、ふと良いアイディアが浮かんだ。

「――アーク、僕、マッサージっていうものをしてあげようか？」

「ぐふっ！　ゲホッ、い、らな、い、っ」

アークから凄い音がした。ゲホゲホと噎《む》せているので、慌てて背中をさすってあげる。

「大丈夫？」

「……ああ。咳は、大丈夫だ。それ以外に、だいぶ問題がある気がするが」

「問題？」

スノウは首を傾げた。なんとなく、アークの声に精神的な疲労感が滲《にじ》んでいる気がする。

「――あ、マッサージがいらないなら、僕をもふもふする？　このパジャマ、触るの気持ちいいんだよ。アークの疲れも癒やされて、どこかに飛んでいっちゃうかも」

ぎゅっとアークに抱きついてみる。

「っ……スノウは、狙って、それをしているのか？」

「狙うって、何を？」

「……そうか。ああ、分かっていた。そうだよな」

枕から顔を上げたアークが、どこか遠いところを眺めるような眼差しで呟いた。

仰向けに体勢を変えたアークの胸に頭を乗せながら、スノウはのんびりとアークの声に耳を傾ける。

時折、頭にある耳をくすぐるように撫でてくれるのが気持ちいい。それに加えて、アークの体温が心地よくて、また眠気が襲ってきてしまう。

「――スノウはひどいな。俺が必死に慣れようとしているのに、それ以上を求めて、理性を叩き壊そうとしてくるのだから」

少し落ち着いた低い声が、甘やかな響きを伴ってなじってくる。あまり叱られている気はしないし、アークは微笑んでいる感じがする。

スノウは優しさに安心しながら、くふくふと笑って目を閉じた。

「アークが早く慣れられるように、だよ……」

ぽやぽやとした声でスノウが呟くと、アークは「ははっ」と笑った。上下する胸の動きを感じて、スノウもふふっと笑う。

「そうか。……それなら、スノウを悲しませないように、俺も頑張らないといけないいな」

「……うん」

眠りの淵で返事をしたところで、意識が落ちた。

番《つがい》の温かな腕に包まれて、穏やかな眠りを楽しむ。

これがスノウの幸せな日常である。

◆

――まさに『天国と地獄』を表すような状況が続いている。

アークは執務途中の休憩時間をスノウと過ごすために部屋に戻ってきたのだが、最近恒例となったスノウのアピールに、むしろ疲労感が増していく気がしていた。

嬉しい気持ちはある。それ以上に、己を律するのに苦労するだけで。

「アーク、見て。これはどう？」

「ぐっ……あぁ、可愛いと思う……」

身体の線が分かるようなピタッとした服を着たスノウが、アークの目の前でくるっと回った。

その腰の細さ、首や手首の華奢《きゃしゃ》さに目を奪われ、穢《けが》れない新雪のような肌に跡を刻みたいと暴れる己の本能を、必死に押さえつける。

そうしながらもきちんと感想を返せたことを、アークは褒められていいと思う。今すぐ噛みつきたいと思っているのに、そんな思いをつゆとも窺わせないように態度を取り繕《つくろ》えているのだから。

ここに辿り着くまでにどれほどの試練を乗り越えたことか。

アークは苦しみと喜びが綯《な》い交ぜになった日々を思い返し、そっと遠くを見つめた。

(俺は、これまで生きてきた中で、一番気合いを入れて頑張っている気がする……)

淡々《たんたん》と生きてきたアークが、苦労して何かをしようなんて考えるのは、スノウに関してのことだけなのだから、それは当然なのだが。

「そう？　でも、アークはもふもふとか、もしくはあまり布地がない方が好きっぽい気がする」

「あまり、俺の反応を観察しないでくれ」

スノウが可愛らしく首を傾げて考えている姿を、アークはため息をつきたい気分で眺めた。

番《つがい》の服装に対する性癖《せいへき》を知られるのは、あまりに恥ずかしい。番《つがい》がまだ幼いからこそ、いたたまれない気持ちになるのだ。

幼い番《つがい》にすら悟られてしまうほど動揺《どうよう》している己が情けないとも思う。

愛する番《つがい》が、アークを喜ばせようと頑張ってくれているのは嬉しい。それが、アークがスノウの人型に慣れるため、という理由によるものなのは、申し訳ないとも思っている。

だが、手加減をしてほしいと望むのは、悪いことではないはずだ。

（時々、俺は何故これほどまでに我慢しているのだろうと思うことがある……）

もちろん、まだ幼い番《つがい》を傷つけないためなのだが、正直『もういいのでは？』という考えが頭をよぎるのは仕方ない。

「ふふ、本当に可愛いよ、スノウ」

「ありがとう、おばあ様」

一足先にテーブルについていたラトが、スノウを愛しそうに眺めて微笑んだ。褒められたスノウも嬉しそうだ。

「スノウは大人になったら絶対に別嬪《べっぴん》さんになるだろうなー」

「今は違うって言うの？」

ナイトに対しては、わざとらしく拗《す》ねた表情を見せたスノウは、どこからどう見ても愛らしい。

何故ナイトなんかにそんな表情を向けるんだ、とアークがもやもやと考えてしまうのはしょうがないだろう。それを言わないだけ、自制心がある方だと思う。

「いやいや、今は可愛らしい。大人になれば、そこに色気も加わって――」

「ナイト。それはスノウに言うことじゃないよ」

ラトがナイトの腕をバシッと叩いた。ナイトは「いてっ」と言っているが、笑っているからさほど気にしていないだろう。

（もっと、腕が折れるほど叩いてやればいいのに。俺がやろうか？）

「陛下も座ったらどうです？」

物騒《ぶっそう》なことを考えながら睨むアークの視線に、ナイトは脳天気な様子でひらひらと手を振って返した。

「……そうさせてもらう」

ラトやナイトを含めて会話を楽しむのは、これで何回目だろうか。

スノウは残された唯一の同族と接するのを楽しんでいるようで、毎日のように一緒に過ごしているらしい。その時間が、アークの休憩時間と重なるのもよくあることだ。

正直、スノウと二人きりの時よりも理性を保ちやすいので、アークは精神的に助かっている。番《つがい》の魅力に抗うのはそれほど大変なことなのだ。

「お茶の用意ができました」

ルイスがテーブルにお茶を並べて壁際に下がる。

カップを手に取り、豊かなお茶の香りを嗅いでいると、そこに甘い香りが混じった。まるで蜂蜜《はちみつ》のように甘く、アークを惹きつけてやまない香りだ。

（スノウ……またこんなに香りを放って……）

そっと視線をスノウに向ける。スノウは焼き菓子を手に取り、美味しそうに頬張《ほお》っていた。

その唇の端に焼き菓子のくずが付いているのを見て、アークは無意識に唇を舐める。

（今すぐ噛みついて、舐め取ってやりたい。……っ、駄目だ、そんなことを考えるな！）

ハッと己の思考を叱咤《しった》して、アークはスノウから視線を逸らした。

こんなことが最近のアークの日常になっている。そろそろどうにかしなければならないと思っているのだが、理性でどうにかできるならばさっさとやっているのだ。できないから困っている。

少しずつ身長が伸び成長しているスノウは、人型になったのを機に、甘く誘うような蜜《みつ》の香り——フェロモンを放つ頻度や濃度も増してきた。

それが余計にアークの理性を削《そ》いでいるなんて、スノウは少しも気づいていないのだろう。

人型に慣れたところで、アークがスノウに心揺さぶられるのは変わらない。スノウがアークの運命の番《つがい》である限り。

（はぁ……どうするべきか……）

悩みながら視線を彷徨《うろつ》かせたところで、ラトと目が合った。

苦笑されて、内心を悟られていることを知り、気まずくなってしまう。番《つがい》の血縁に欲を悟られるなんて、あまり経験したくないことだ。

ナイトの方は、男の欲によく理解があるせいか、あっけらかんと「陛下は大変そうですな」と言ってくる。それが無性に腹が立つので、いつかどうにかしてやり返したいと思う。

スノウが止めてきそうだから、気づかれないようにしなければならないが。

「アーク、これ、美味しいよ！」

ニコッと笑ったスノウの顔を直視して、また理性がグラつくのを感じながら、なんとか目を逸らすのを堪えた。

「っ、ああ、俺も食べよう」

差し出してきたクッキーにアークが手を伸ばそうとしたところで、スノウが「あーん」と口を開ける。

「――は？」

「あーん、だってば。僕がアークに食べさせてあげたいの！」

(それは給餌《きゅうじ》というんだぞ？)

番《つがい》が愛を伝え合う行為として、食べ物を口に運んでやることはよくある。

スノウはそのようなことを意識していないだろうが、アークは当然知っていることなので、再びグラついた理性を、なんとか補強して保たせなければならなかった。

何度やっても慣れることはない。

なんとなく、ナイトから向けられる視線に同情が含まれるようになった気がする。

「……ありがとう」

「うん！」

食べさせてもらったクッキーを味わう余裕なんてなかったが、とても甘くて美味しい気がした。

（あぁ……スノウの香りがする……）

飢えた獣のように、スノウの香りに意識を惹きつけられる。この我慢がいつまで続くか、アークは不安で仕方なかった。

スノウを襲ってしまうことを考えるだけで、恐ろしいと身体の芯から凍えるような心地になるのに、本能はそれを促そうとする。

（厄介だ）

苦悩するアークを、スノウが少し沈んだ表情で見つめていることに気づいてはいたが、それをフォローする余裕がなかった。

視界の端で、ラトが少し眉を顰《ひそ》めているのが見える。そろそろ叱られかねない。

（――叱られる程度ならいい。孫を任せられないと思われたら……スノウを奪われるつもりはないが、祖母と俺が争っている姿を見せるのはまずいな）

今後のあまりよくない予想をして、アークは小さくため息をこぼした。

やはり、己の理性を強固にするしか手段はないだろう。アークの苦しく幸せな日々は、まだ続きそうだ。

◆

スノウはアークに宣言した通り、様々な服を着て見せた。

もふもふとした質感の服は、スノウのお気に入りで、アークも結構好きな気がする。やはり獣型の触り心地に似ているからだろうか。

「うーん……もふもふなのと、きっちりした感じのと、ラフな感じのと、布少なめの。いろいろな服を着たけど、アークは他にどんな感じのがいい？」

「……スノウが好きなものを着たらいいと思う」

今日はアークと二人きりで午後のお茶の時間を過ごしながら、会話を楽しんでいた。最近はラトやナイトを交えて過ごすことが多いから、二人きりなのは久しぶりだ。

自然と話題はスノウの服の話になる。

「でも、アーク、布地が少ない服を一番気に入ってなかった？」

「っ……それは、男だから、仕方ないんだ……」

アークがなぜか額を押さえて俯いた。

スノウも雄《おす》だけど、アークの好みに共感できるわけではないので、少し首を傾げてしまう。

（布少ないと、ちょっと寒いんだよねー。毛皮がないって、不便だなぁ……）

そんなことを思いながら、ふと最近アークから贈られた服を思い出した。

きっちりと襟元が閉まる感じで、アークの好みから離れていそうだったけど、贈ってくれたということはそういう雰囲気の服がいいということだろうか。

(それなら、他にあれとあれをあわせて着て……)

クローゼットにある服を思い出しながら、うんうんと頷く。明日着る服が決まった。

アークに視線を移すと、まだ俯いた状態で固まっている。スノウはぷくっと頬《ほお》を膨らませて、アークに手を伸ばした。

「一緒にいる時は、僕を見てよ」

「っ、ああ、そうだな……」

ぎこちなく笑うアークを観察した。

アークに早く慣れてもらおうと、いろいろと計画して実行しているけど、その効果はなかなか出ていない気がする。最初の頃よりは幾分、スノウが抱きついても避けられることが減ったけど。まだ躊躇いを感じるのが、やっぱりちょっと寂しい。

「アーク、いつになったら慣れるの……?」

「すまない、スノウ。悲しませたいわけではないんだ」

頬《ほお》を撫でられる。夕陽色の瞳をじっと見上げると、そっと視線が逸れかけてから、再びスノウを見つめ返した。

(……分かってる。アークが頑張ってくれてるってことは。でも、早く前みたいになりたい……。やっぱり僕が獣型で過ごすのがいいのかなぁ)

時折、スノウが獣型になって部屋で寛《くつろ》いでいる時は、アークは以前と同じように可愛がってくれる。頭を撫でられるのも、身体中の毛をつくろうように梳かれるのも大好きだ。

でも、人型になった途端、スノウに触れる手には躊躇いが滲《にじ》んでしまう。それを敏感《びんかん》に察してしまうから、スノウはその度に少し落ち込んでしまうのだ。

「おや、お二人でいるのに、なんだか静かですね」

不意にロウエンの声が聞こえた。

スノウたちがお茶会をしているテラスの傍で、日差しを鬱陶《うっとう》しそうにしながら立っている。

「ロウエンさん、久しぶりだね！」

「お久しぶりです。スノウ様のお話は陛下から常々伺っておりますので、あまり久しぶりという気はしませんが」

「そうなの？」

スノウはロウエンとアークを交互に眺めた。

アークがどのような話をロウエンにしているのか、少し気になる。

「ええ。スノウ様が陛下を悩殺《のうさつ》しようと、可愛らしく頑張っていらっしゃることなど」

「ノウサツ？」

そのようなことをした覚えがない。スノウは首を傾げた。

「ロウエン、なんの用があって来たんだ。執務はまだしないぞ」

「承知しております。休憩は大切ですからね。――それより、陛下の現状をお助けするものを見つけたので、スノウ様にも聞いていただこうかと思いまして」

「俺の現状を助ける？」

「え、アーク、何か困ってるの？」

スノウが聞くと、なぜかアークとロウエンだけでなく、傍で控えているルイスからも視線を感じた。

（んん？　どういうこと？）

ぱちぱちと瞬《まばた》きをするスノウから、全員が視線を逸らす。

微妙な沈黙を破って、最初に口を開いたのはアークだった。

「それで、ロウエンは何を言おうとしているんだ？」

「えぇっと……『フェロモンブロッカー』という薬の話です」

「なんだそれは？」

スノウはもちろん初耳だったけど、アークも知らないものだったらしい。

首を傾げた二人に、ロウエンがニコリと微笑む。

「スノウ様のことを少しでも理解するためにと、獣人族《じゅうじん》に関する資料を集めて読んでいたのですが」

「え、そんな資料があるんだ？　僕も読んでみたい！」

「では、後でお持ちしますね」

「ありがとう！」

ニコニコと微笑むスノウに苦笑しながら、アークがロウエンに視線で話の続きを促す。

「獣人族《じゅうじん》に関する資料の中に、『嗅覚が鋭すぎるせいで、他者のフェロモンに過剰反応してしまう体質の者がいる』という記述があったのです」

「ほう……まぁ、獣人族《じゅうじん》ならば分かる。ナイトのような白狼族は、鋭い嗅覚を使って狩りをするのだと、前に話を聞いたからな」

ラトやナイトと話す機会が増え、アークは少しずつナイトへの対応が穏やかになってきている。スノウとナイトが近距離で過ごすことは、未だに許可できないらしいけど。

スノウは二人が会話していた時のことを思い出しながら「そういえば、聞いたかも」と頷いた。

「そうなのですね。――まぁ、それで、そのようなフェロモンによって悪影響が出やすい方向けに、『フェロモンブロッカー』という薬が開発されたそうなのです。服用すると、他者のフェロモンを感じにくくなるそうで」

「なるほど。確か、薬を作る才能がある種族が獣人《じゅうじん》族の中にいたな」

「ええ。依頼すれば、陛下用に調合してくださると思いますよ」

静かに話を聞いていたスノウは、そこで「えっ？」と声を上げた。

「アーク、フェロモンで悪い影響を受けてるの？」

尋ねたスノウに、アークが苦笑する。

ロウエンは目を丸くした後、肩をすくめていた。

「悪い影響というか……スノウのフェロモンを嗅ぐと、どうしても男としての本能が強まってしまう」

「うん？　本能？」

意味が分からなかったスノウの耳元に、ルイスがすすっと近づき囁きかける。

「……スノウ様、以前お話ししたでしょう？　陛下は、スノウ様のフェロモンを嗅ぐと、愛を確め合う行為をしたくてたまらなくなってしまう、とおっしゃっているのですよ」

「あっ、そういうこと」

ぽん、と両手を合わせたスノウに、アークがなんとも言えない視線を向けた後、ルイスをギロッと睨んだ。

ルイスが微笑みを浮かべて、スノウから少し離れる。

「——アークは、僕を傷つけないように、我慢をしてるんだもんね。それならお薬を飲めば、我慢しなくて済む？　僕がぎゅっとしても、前みたいに撫で撫でしてくれる？」

思わず期待に満ちた目をアークに向けた。

アークは「うっ……」と呻《うめ》いて目を逸らし、ぎこちなく頷く。

「……完全に、とは言えない気がするが、今よりは、まぁ……？」

なぜか自信がなさそうな口調だった。でも、可能性があるなら試してみるべきだと思う。スノウはアークともっとたくさんくっついて過ごしたいのだ。

遠慮しなくていいと思っていても、アークが困った感じになると、スノウはそれ以上近づけなくなる。そのせいで、最近は触れ合いが足りていない。もっと抱きしめられたいし、撫でてもらいたいのに。

「それでしたら、私から依頼を出しておきますね」

ロウエンがそう言ったところで、再び人の気配が増えた。

「フェロモンブロッカーの話をしていますか？」

「おばあ様！　どうしたの？　今日はお出かけするんじゃなかった？」

テラスに姿を現したラトを、スノウは大喜びで迎え入れた。

ラトやナイトとお茶を飲みながら話すことが、スノウの最近の日課になっていた。でも、今日は王都の街に用があると言って、二人とも魔王城から離れていたはずなのだ。

「出かけて、今帰ってきたところだよ。陛下にこれをお渡ししようと思ってね」

「アークにプレゼントを持ってきたの？」

何かを取り出したラトを見て、スノウはキラキラと目を輝かせた。

スノウがプレゼントをもらうわけではないけど、おそらく街で手に入れたものが何なのか気になる。

「さっきの話に出てたやつだぞ」

ラトの後をついて来ていたナイトが、ニヤリと笑って言う。

その笑みを向けられたアークが、僅かに眉を顰《ひそ》めた。

「……フェロモンブロッカーのことか？」

「そうです。知り合いに薬師《くすし》がいて、竜族にも使用できるよう、調合してもらっていたんです。今日、ようやく完成したと連絡がありまして」

ラトが手のひらに乗るほどの大きさの包みをアークに差し出した。

それを受け取ったアークは、中身を確認して頷く。

「確かに、薬のようだ。俺に害はなさそうだな。薬効《やっこう》が出るかは使ってみなければ分からないが」

「さすが陛下。一目でお分かりになるのですね」

穏やかに微笑んだラトに、アークが肩をすくめる。

スノウは何がなんやら分からないけど、欲しいと思っていたものが手間なく手に入ったのだと理解した。

「凄いね！　どうしておばあ様たちは、これを用意してくれたの？」

尋ねると、ラトがナイトと顔を見合わせて苦笑する。

そして、再びスノウに視線を向けて微笑んだ。

「スノウが悲しんでいるようだったからね。そのためには、陛下がなんとかなさるのが良いとは思ったけれど……本能的な部分は、どうにもできないことがあるから」

そう告げながら、ラトはアークの手の中にある薬を指差す。

「――これを使ったら、少しはスノウの悩みが減るんじゃないかな。私は、可愛い孫に、ずっと笑顔で過ごしていてもらいたいんだよ」

最後の言葉は、アークに向けて放たれたように感じられた。

アークもスノウと同じように思ったのか、真摯《しんし》な表情で「スノウの祖母君の思いは分かっているつもりだ」と頷き返す。

「ご配慮《はいりょ》いただきありがたいことです。できましたら、その薬を作った薬師《くすし》をご紹介くださいますか？　追加で薬を注文することもあるでしょうから」

ロウエンがアークの側近《そっきん》らしい態度で頼むと、ラトがおっとりと頷きメモを差し出した。

「もちろんです。薬師《くすし》の方にも、魔王城から注文があるかもしれない、と告げてありますので」

「重ね重ねありがとうございます」

恭《うやうや》しくメモを受け取ったロウエンが、内容を確認して頷く。

「――城下に住む栗鼠族の薬師《くすし》ですね。ちょうど依頼をしようと考えていた方です」

「それは良かった。調査の手間が省けますね」

ラトの言葉の意味が分からず、スノウがきょとんとしていると、ルイスが近づいてきた。

「……陛下やスノウ様が召し上がるものは、材料から作り手まですべて調査しなければなりません。

陛下に危害を加えようとされては困りますからね。つまり、ラト様が薬を注文した方は、ロウエン様にとっても信頼できる方なのだと、既に調査済みということです」

「なるほどー」

魔王というのは大変な立場らしい。それをいうならスノウもそうなのかもしれないけど、あまり実感はないし、これからもそのままでいたい気がする。

「それなら、とりあえずひとつ飲んでみるか」

「効果は十分ほどで現れて、約一日続きますよ」

ラトの説明に頷き、アークが包みから取り出した白い薬一錠を口に放り込む。すかさずルイスが水の入ったコップを差し出すと、アークはそれを受け取って飲み干した。

◇

おしゃべりをしながら待つこと十分。

不意に、アークが匂いを嗅ぐように鼻を鳴らす。

「ふむ、確かにフェロモンを感じにくくなった」

「ほんと？　僕が近づいても大丈夫？」

パッと笑顔を浮かべてスノウが近づくと、アークは苦笑しながら両腕を広げた。

「薬を飲んでいない時よりは、問題ないはずだ」

遠慮なく腕の中に飛び込んで、アークの膝に跨《また》がりながら、スノウは肩に頬《ほお》を擦《こす》り付ける。

久しぶりに遠慮なく懐いていられる気がした。アークの甘い香りを胸いっぱいに吸い込んで、うっとりと目を細める。

「全然動揺《どうよう》してないね。大丈夫そう」

「……ああ、まぁ、スノウのおかげで、随分と理性が鍛えられたというのも、役立っているな」

なんとも言えない声音で呟いているけど、やはりこれまでよりは避けられている感じがしない。

心が温まり、欠けていた部分が埋まっていく気がした。

そのままの状態で、スノウはラトを見上げてニコリと微笑みかける。

「おばあ様、ありがとう！　おかげで、僕、これからもっとアークと仲良くできるよ！」

「スノウが喜んでくれたなら、それでいいんだよ」

ふふっと微笑むラトの横では、ナイトが「え、マジか。いくら薬を使っても……まぁ、陛下がそれで大丈夫っつーんなら、そういうことにしとくけどな」と小さく呟いていた。

◇

夜。

執務を終えて帰ってきたアークを見て、スノウはにこにこと微笑みながら飛びついた。

背中をしっかりと腕が支えてくれるのを感じて、更に頬《ほお》が緩んでしまう。心から嬉しい気分でアークに包まれているのは久しぶりだ。

それは、ラトがアークに贈ってくれたフェロモンブロッカーのおかげだろう。

スノウはフェロモンというものがどういう意味かあまり理解していない。普段アークから香るものはスノウを穏やかに癒してくれるだけだから。スノウから香るフェロモンで、アークがつらい思いをしていたなんて、言われるまでまったく気づかなかったのだ。

でも、前にアークの部屋に入った時に感じた、身体の芯を揺さぶり何かを目覚めさせようとするかのような強烈な香りを思い出すと、少し納得もできた。

スノウがそれほど強い香りを放っている自覚はなかったけど、あのとき感じたのと同様の衝撃を、アークは常に感じていたのかもしれない。

（それなら、わがままに抱きしめてってお願いしてたの、申し訳ないなぁ）

スノウはそう反省しつつも、フェロモンブロッカーを使っている今は関係ないのだろうと思って、微笑んだままアークの顔を見上げた。

少しだけ熱を孕《はら》んだような眼差しが、愛情深くスノウを見守ってくれている。

「ね、アーク。これからは、ぎゅっとして、撫で撫でしてくれるんでしょ？」

昼間に交わした約束を改めて告げて、アークの手を取り、スノウの頭に乗せた。

アークにならどこを撫でられても嬉しいけど、まずは頭を撫でてほしい。毎日アークに触れられる可能性を考えて、丁寧に梳かしている髪は、きっとアークに気に入ってもらえるはずだ。

「……ああ。スノウはどこもかしこも愛らしいな」

アークの指先が壊れものにでも触れるかのように慎重に、スノウの頭や耳を撫でた。

スノウの耳は、少しだけ他の場所よりも敏感《びんかん》でくすぐったがりだ。クスクスと笑って身を捩ると、背中に回ったアークの手が力強くスノウを抱きしめた。

アークの身体に身を寄せて、そっと鼓動《こどう》に耳をすます。

力強く鳴る鼓動《こどう》は、スノウを安心させてくれた。

「ねぇ、アーク」

「なんだ?」

「僕のこと一人にしないでね」

このところしばらくスノウの胸を苛んでいた寂しさを吐露《とろ》する。アークを遠くに感じて、まるでひとりぼっちのように感じていたのだ。

そんな気持ちを言葉にすることで、寂しい自分とお別れしたかった。

「……もちろんだ。寂しがらせてしまって、すまない。それだけは絶対しないと、俺は誓《ちか》っていたのにな」

両腕でぎゅっと抱きしめられる。スノウを潰さない程度に、でも絶対離しはしないと告げてくるような力強さだ。

「誓《ちか》い？　いつそんな誓《ちか》いをしたの？」

「スノウに出会ったときだ。ひとりぼっちで泣くスノウを見て、俺は守ってやらなくてはと思った。俺がいつだって傍にいて寂しい思いはさせないと、心の中で誓《ちか》ったんだ」

アークに言われて、スノウはまだ遠くない過去を思い出す。

雪豹の里でひとりぼっちになったスノウを、アークは見つけて抱きしめてくれた。魔王城に来てからは、たくさんの愛情で包み込んでくれた。

アークが誓《ちか》い通りにスノウを守ってくれていたことを、スノウは誰よりも知っている。

「……ふふっ、そうだった。アークはたくさん愛してくれた。それに比べたら、ちょっとだけ寂しくなったことくらい、すぐに忘れちゃうよ」

心の中に残っていた冷えた部分が、温かな日差しに照らされる雪のように、ゆっくりと溶けていく気がした。

雪が溶けたら春が来る。溶けた雪は水となり、新たな生命を育むのだ。

では、心の中にあった雪が溶けたらどうなるのだろう。

(――きっと、僕の心を成長させてくれるんだ)

スノウは自然とそう思って、心が強くなった気がした。

まだスノウは子どもだけど、いつかはアークを支えられるくらいに成長できる。悲しみや寂しさで傷ついた分だけ、優しくなれるはずだ。

そうなりたいと、強く思った。

「スノウ……。そうだな。忘れさせるくらい、たくさんの愛でスノウを満たそう」

「僕もアークに好きだってたくさん伝えるからね。もう避けちゃダメだよ」

「分かった」

苦笑しながら頷いたアークの腕に抱かれて、スノウは目を伏せる。アークの温もりと甘く優しい香りに心が癒やされた。

「──そうだな。これまで以上に、スノウを愛でて甘やかそうか」

ふと企みを感じる声音で呟くアークに、スノウはクスクスと笑みをこぼす。

「それは楽しみだね」

これまでも相当甘やかされていた自覚がある。それ以上なんて想像もできない。きっとアークの冗談なのだろう。

そう理解したスノウの考えを察したように、アークがスノウの身体をぎゅっと包み込み、揺らしながら抗議した。

「俺は嘘を言わないぞ？」

「えー、それはそうだろうけど……アークはいつだって僕に甘いよ」

「もっと甘くすると言ってるんだ」

「ダメダメ。今以上に甘やかされたら、僕、アークがいないと生きていけなくなっちゃう」

スノウが顔を上げて告げると、一瞬アークの表情が怖くなった気がした。瞬《まばた》きの間に、笑みを取り戻していたから、見間違いかもしれない。

「……それも、いいな」

「ふふ。今日のアークは冗談ばっかり言うね」

アークの背をポンポンと叩く。

スノウを揶揄《からか》ってくるアークも、なんだか好きだなぁと思った。結局のところ、避けられること以外なら、どんなアークだってスノウは好きになるんだけど。

「……今は、冗談ということにしておこうか」

少しだけ怖い声音で呟くアークを、スノウはにこにこと微笑みながらぎゅっと抱きしめた。

◇

アークとの関係にぎこちなさが消えて数日後。

午後のおやつの時間に、スノウはアークやラト、ナイトと共にお茶を楽しんでいた。

フォークを使うケーキと繊細《せんさい》な持ち手のついたティーカップは、手を優雅《ゆうが》に動かす練習にはぴったりだ。気を抜くとすぐにガチャッと行儀《ぎょうぎ》の悪い音が鳴ってしまうから、気合いを入れて慎重に扱わなければならない。

日々手を動かす練習をして、随分と上達した気がする。

自分の成長を感じて嬉しくなったところで、スノウは衝撃的な話を聞いてしまった。

一緒にテーブルについているラトとナイトを交互に見つめる。

「――え……おばあ様たち、もう白狼の里に帰るの……？」

力が抜けた指先から離れたティーカップが、ソーサーに落ちた。

元々あまり持ち上げていなかったから中身もカップも無事だけど、音が大きくて心臓が跳ねる。

もちろん、ラトから聞かされたことに動揺《どうよう》したのも理由として大きい。

アークが心配そうな面持ちで見つめてくるけど、今はそちらを気にする余裕がなかった。

「ああ。私はスノウの傍にいてやりたいんだけど……どうにも白狼は、縄張《なわば》りの外にいることが我慢ならないようでね」

ラトが呆れたように見やったのはナイトだ。

そういえば、白狼族はあまり里から離れないと聞いた気がする。

ナイトを見ると、笑って肩をすくめていた。ラトの言葉を否定するつもりはないらしい。

「それに、今はもうスノウは人型になれたし、私の助けは必要ないだろう？」

「……そうだけど。……そっかぁ……僕、もう少し二人と一緒にいたかったなぁ……」

残された数少ない同族なのだ。特にラトとは話したいことがたくさんあった。

スノウは人型になる際に、雪豹族特有の性質で苦労した。同じように、この先ラトの教えが必要になることもあるだろう。そんな時でも、ラトはもう傍にいてくれないのだと思うと不安になる。

それに、単純にただ寂しい。

アークやルイスたちは変わらず傍にいてくれる。

でも、みんなとスノウに血の繋がりはないのだ。

スノウの悲しみに気づいてか、ナイトが苦笑して申し訳なさそうに呟く。

「んー……ここだと、やはり落ち着かないんだ。ろくに狩りにも行けないしな」

「アークは狩りに行くよ？　朝食に、アークが狩ってきた鳥のお肉が出たもの。デザートのフルーツも採ってきてくれたんだよ！」

「……それは、なんというか……愛ですな？」

ナイトが呆れたような、感心したような、不思議な眼差しをアークに向けた。

アークが「ほっとけ」と呟く。アークはなんだかナイトに当たりが強い。仲が悪いわけではなさそうなのに。

「陛下は飛んで狩りに行けるんだろうが、俺はできない。狩りに行こうと思ったら、街の外まで行かないとならないから、大変なんだ」

「街の、外……」

スノウは思わずぱちりと瞬いた。街という言葉は知っているけど、まだ見たことはない。そこがどんな場所なのか気になる。

お茶会をしているテラスの外には広い庭が広がり、明るい日差しが降り注いでいる。花が咲き乱れ、木々や噴水があるその外側には、高い塀が連なっていた。ここからでは庭より先が見えない。

「もしかして、スノウはこの城の外を見たことがないの？」

「うん、ないよ」

「獣型の時間が長かったからかな……？　それでなくとも、運命の番《つがい》を外に出したがらないのは、習性としてあるけれど……」

ラトが驚いた様子で目を見張った後、アークをちらりと睨む。

スノウ自身、街に行きたいと思ったことがなかったけど、それは魔王城で過ごすことに安心し、満足していたからだ。

こうして改めてラトから話を聞くと、なんだか街に行きたくなってくる。アークと一緒に行くなら、きっと楽しい経験になるはずだ。

アークに期待の目を向けると、気まずそうに顔を背けられた。

「……いつか……いつか、連れていく」

「約束だよ！」

「……ああ」

スノウが念押しすると、アークは渋々とした様子で頷く。アークが約束を破るとは思わないから、それでいい。

にこにこと頷いていたスノウは、ラトたちが里に帰るという話を思い出して、途端にしょんぼりとする。

「……でも、やっぱり、おばあ様たちが帰っちゃうのは寂しいなぁ」

ラトとナイトが申し訳なさそうに微笑んだ。

ラトとナイトとの別れの日まであっという間だった。

スノウはたくさん思い出作りをしたけど、寂しいのは変わらない。思い返せば、親しい人と離れるのは、雪豹の里のみんなとの別れ以来だ。

(別れは、いつも悲しい……)

スノウは胸の内でポツリと呟いて目を伏せた。

◇

旅支度を整えたラトたちが、城のみんなに別れを告げている。

それを見ながら、スノウは肩を落とした。

アークが傍に寄り添い、肩を抱いてくれる。その温かな体温に、少し気持ちが和らいだ。

「――スノウ、そんなに悲しい顔をするな」

「うん……アークは、別れの寂しさが分かっていたから、おばあ様たちと会えるって教えてくれたとき、心配そうな顔をしてたの？」

ふと思い出したのは、ラトたちの存在を伝えてくれたときのアークの表情。

それが今のアークの表情に重なって、なんだか腑《ふ》に落ちた。

「そうだな……。スノウは悲しい別れをしたばかりだったから、折角ラトたちと出会えても、別れに耐えられるか分からなくてな……」

「……僕、もっと強くなるね。アークが心配しなくていいように……！」

アークの言葉を聞いて悔しくなってきた。

確かに別れは寂しい。でも、悲しみに沈むほど、スノウは弱くないのだ。母たちとの別れだって乗り越えた。そのことを、アークに分かってもらいたい。スノウは人型になれたし、これからもっと大人になるのだ。

「スノウ……ゆっくりでいいんだぞ」

「……うん」

アークに頷いてから、ラトに駆け寄って抱きついた。

「おばあ様！　僕、もっと強くなって、大人になるからね！　そしたら、白狼の里に会いに行っていい？」

この別れは、一生会えないというわけではないのだ。ラトがここにいられないと言うなら、スノウが会いに行けばいい。

後ろから、アークの呆然とした「えっ……？」という声が聞こえてくる。

でも、ダメと言われないのだから問題ないのだろう。

「……あぁ、会いにおいで。里のみんなで歓迎しよう」

「そうだな。俺の孫なんだ。みんな、スノウを可愛がるだろうさ」

ラトとナイトが抱きしめてくれる。その温もりを味わって、しっかりと記憶した。別れを悲しむのはこれで最後だ。

二人には、スノウの笑顔を覚えていてもらいたい。

しばらくして、スノウはパッと離れて微笑みかけた。

「おばあ様、おじい様――大好きだよ！　ずっと元気でいてね！」

「もちろん。スノウが会いに来てくれるまで元気でいないとね。手紙を送るよ」

「白狼の里は、特別な宝石が採れるんだ。それも贈ろう」

「宝石！」

思わず目が輝く。二人がおかしそうに笑った。

スノウの宝石好きは、もう二人にはバレてしまっているのだ。

「――またね！」

「スノウも元気でね。また会える日を楽しみにしているよ」

「またな、スノウ」

二人が城から出ていく。その後ろ姿を見送るスノウの肩を、アークが抱いた。

再び悲しみが押し寄せてきていたけど、アークが傍にいるから大丈夫。潤む目に力を込めていたら、軽く身体を揺らされた。

「スノウ。別れを悲しんだり泣いたりすることは、弱さじゃない。泣きたいなら泣けばいい。その後で笑えるなら、それでいいと思うぞ」

「っ……泣いても、僕、弱くないっ？」

「ああ、もちろん。スノウが強い子なのだと、俺は初めから知っている」

優しい声で語りかけられて、熱い雫が頬《ほお》を伝っていった。

「僕ねっ、寂しいけど、もっと、成長して、おばあ様たちに、会いに行く！」

「……その時は、俺も一緒だ」

「うんっ、アークも、一緒に行こうね」

二人の小さくなっていく背を見ながら、スノウは新たな誓《ちか》いを立てた。

アークと一緒ならば大丈夫。

もうひとりぼっちで蹲《うずくま》っているだけの雪豹の子はいないのだ。

強く優しい番《つがい》と頼もしい仲間に囲まれて、きっと明るい未来へと歩いていける。

――母様、里のみんな。僕のこれからを見守っていてね。絶対アークと一緒に幸せになるから。

澄みわたる青空に母たちの優しい微笑みが思い浮かんで、スノウの明るい未来を祝福してくれている気がした。

この作品に対する皆様のご意見・ご感想をお待ちしております。

おハガキ・お手紙は以下の宛先にお送りください。

【宛先】

〒150-6019 東京都渋谷区恵比寿4-20-3 恵比寿ｶﾞｰﾃﾞﾝﾌﾟﾚｲｽﾀﾜｰ 19F
(株) アルファポリス　書籍感想係

メールフォームでのご意見・ご感想は右のＱＲコードから、
あるいは以下のワードで検索をかけてください。

アルファポリス　書籍の感想　検索

ご感想はこちらから

本書は、「アルファポリス」(https://www.alphapolis.co.jp/) に掲載されていたものを、
改稿・加筆のうえ、書籍化したものです。

雪豹《ゆきひょう》くんは魔王《まおう》さまに溺愛《できあい》される

asagi（あさぎ）

2025年 1月 20日初版発行

編集－加藤美侑、森 順子
編集長－倉持真理
発行者－梶本雄介
発行所－株式会社アルファポリス
〒150-6019 東京都渋谷区恵比寿4-20-3 恵比寿ｶﾞｰﾃﾞﾝﾌﾟﾚｲｽﾀﾜｰ19F
TEL 03-6277-1601（営業） 03-6277-1602（編集）
URL https://www.alphapolis.co.jp/
発売元－株式会社星雲社（共同出版社・流通責任出版社）
〒112-0005 東京都文京区水道1-3-30
TEL 03-3868-3275
装丁・本文イラスト－木村タケトキ
装丁デザイン－AFTERGLOW
（レーベルフォーマットデザイン－円と球）
印刷－中央精版印刷株式会社

価格はカバーに表示されてあります。

落丁乱丁の場合はアルファポリスまでご連絡ください。

送料は小社負担でお取り替えします。


ISBN978-4-434-35139-6 C0093